Torben Moorsson

Mord beim Doppelkopf

Kriminalroman

Regenbrecht Verlag

Bibliografische Information der Deutschen Bibliothek
Die Deutsche Bibliothek verzeichnet diese Publikation in der Deutschen Nationalbibliografie; detaillierte bibliografische Daten sind im Internet über http://dnb.ddb.de abrufbar.

Herstellung: BoD – Books on Demand, Norderstedt

Regenbrecht Verlag, Berlin 2018
Alle Rechte vorbehalten
www.regenbrecht-verlag.de
ISBN: 978-3-943889-84-0

Torben Moorsson ist ein Pseudonym. Der Autor wuchs im Prä-Internet-Zeitalter am Rande eines Moores in Norddeutschland auf. Studium mit Examen, aber ohne Hoffnung auf progressive gesellschaftliche Veränderungen abgeschlossen. Berufliche Aktivitäten in den unterschiedlichsten Branchen, auf der Straße und in der Bürohölle. Bisher unerfüllter Traum von einem Leben in südlichen Gefilden mit Eseln und Katzen.

Fuchs

Heute Abend werde ich morden. Beim Doppelkopf.

Nicht einmal ein sehr guter Freund, der mich schon ewig kennt, würde es mir ansehen. Wie sollte er auch? Ich bin in meiner kleinen Wohnung. Ich sitze in dem alten braunen Polstersessel. Ganz ruhig, ohne zu schwitzen. Nirgendwo liegt eine Pistole oder ein anderer gefährlicher Gegenstand herum.

Sogar wenn ich es dem Freund erzählte: Er würde nicht glauben, dass ich mein Vorhaben wirklich in die Tat umsetze. Er hielte mir wahrscheinlich vor, eine schmutzige Fantasie zu haben. Ich bin sicher, er würde es nicht einmal für nötig halten, etwas zu unternehmen, um sie mir aus dem Kopf zu schlagen. Denn nur wenige Menschen wissen, dass Fantasien Probehandlungen sind. Und dass es bei mir nicht wie im Theater abläuft, wo manchmal die Generalprobe danebengeht, aber die Premiere glückt. Bei mir ist es anders. Mir gelingt beides.

Die Tageszeitung lasse ich ungelesen liegen und mache mich stattdessen sofort an die Arbeit. In der Küche fange ich an. Zuerst spüle ich das Geschirr, das ich im Laufe der Woche benutzt habe. Dann tauche ich den Lappen in das Spülwasser und entferne den Dreck von der Oberfläche des Kühlschranks. Anschließend geht es ins Wohnzimmer, dort ist der Staub dran. Auch die Bücherregale mit den alphabetisch sortierten wissenschaftlichen und belletristischen Büchern vergesse ich nicht. Ich warte, bis sich der Staub auf den Teppich gelegt hat, bevor ich den Staubsauger anstelle. Die arme Katze! Obwohl sie eine Etage tiefer, im Erdgeschoss lebt, bekommt sie sicher einen Riesenschreck. Sie läuft vor keinem Hund davon, aber bei dem Lärm des Staubsaugers gerät sie in Panik. Sie springt auf und rennt in den Garten, bereit, noch weiter zu flüchten. Als ob sie wie eine Büroklammer durch den grauen Rüssel gesaugt werden und für immer verschwunden bleiben könnte ... Nach dem Staubsaugen kommt der unangenehmste Teil: das Badezimmer.

Nun ist die Wohnung sauber. Aber das genügt mir noch nicht. Alles muss seine Ordnung haben.

Zuerst räume ich den Schreibtisch auf. Sortiere bezahlte und unbezahlte Rechnungen. Dann der Aschenbecher:

Bevor ich ihn ausleere, achte ich immer darauf, dass wirklich keine Zigarette mehr glimmt. Mit Daumen und Ringfinger meiner linken Hand umfasse ich den gläsernen runden Behälter mit dem Aufdruck der örtlichen Sparkasse, hebe ihn an und setze ihn auf meine Nasenspitze. Meine Augen blicken über den Rand, und erst wenn ich ganz sicher bin, dass keine Kippe mehr glüht, gehe ich die wenigen Meter bis zum Mülleimer.

Nun schmeiße ich die Kleidungsstücke, die auf den Möbeln verstreut waren, in die Waschmaschine. Ich blicke mich um. Fertig!

Ich nehme wieder im Sessel Platz, die Füße ruhen auf der Oberseite der Heizung. Im Winter kann ich nicht mehr als fünf Minuten in dieser Position verharren, weil es mir dann zu heiß wird. Jetzt, Anfang Mai, ist sie aus.

Eine ganze Weile bleibe ich so sitzen und denke nach. Der linke Arm liegt auf der breiten Lehne, der rechte hängt an der Seite herunter. Er berührt aber nicht den Teppich, ich bin ja schließlich kein Schimpanse.

Es ist doch etwas anders an diesem späten Nachmittag. Ich lege mich nicht auf das Sofa und schlafe, mit der Kamelhaardecke bedeckt. Gewöhnlich schließe ich Freitagsnachmittags für eine Stunde die Augen, um später fit zu sein für »Schusters Halle«, der Diskothek in der wenige Kilometer entfernten Kreisstadt. Freitags bin ich meistens dort, aber meine Musik, also die Musik, auf die ich tanzen kann, beginnt erst zwischen ein und zwei Uhr nachts. Um die Zeit sind dann auch schon die meisten Wichtigtuer wieder gegangen, und ich muss mich nicht mehr von ihrem Gerede über Handys und Autos nerven lassen. Um die Zeit bemerke ich kaum noch abfällige Blicke, wenn ich mich mit meinem etwas ausgefallenen Stil auf der Tanzfläche bewege. An der Theke ist genug Platz, damit der Inhaber, der den Laden in seinen wilden jungen Jahren eröffnete, einen Meter Bier darauf stellen kann: 15 kleine Gläser mit »flüssigem Brot«, das so schmeckt, wie das Land ist. Ich stoße mit Freunden und Bekannten an, und manchmal spricht jemand einen Toast aus. Wir führen das Glas an den Mund. Dann sind wir alle tollwütig, bis wir uns die Fresse polieren.

Heute muss ich nicht schlafen. Ich bin hellwach.

Meine klaren Gedanken werden unterbrochen. Ich höre Schritte, schnelle und entschlossene Schritte. Die Haustür unten – ursprünglich ein Seiteneingang des alten Hauses, in dem ich lebe – schließe ich nur ab, wenn ich länger weg bin. Meine Freunde kommen immer herein, ohne zu klingeln, gehen die Treppe hinauf und machen sich erst an der Wohnungstür bemerkbar. Mein Besucher klopft.

»Ja«, sage ich kurz und beuge meinen Oberkörper zur Seite, um an dem mitten im Zimmer stehenden Schornstein vorbei auf den Gast blicken zu können.

»Hi!« Es ist Thomas. Ein Kumpel, den ich schon seit Ewigkeiten kenne. Er lässt sich auf das Sofa fallen und zieht Rauchutensilien auf der Jackentasche.

»Grüß dich!«

»Wie geht's?«

»Gut«, antworte ich wahrheitsgemäß. Ich habe meine Entscheidung getroffen, daher muss ich mich jetzt nicht schlecht fühlen. »Und selbst?«

»Ebenso«, sagt er. »Endlich Feierabend.«

Wahrscheinlich ist er mit seinen VW-Bus direkt von der Arbeit hierher gefahren. Vor einiger Zeit hat er es tatsächlich fertiggebracht, die uralte Karre noch einmal durch den TÜV zu bringen. Entweder waren die Mechaniker betrunken, oder ich unterschätze seine Fähigkeit, dem Wagen ein seriösen Eindruck zu verleihen.

Thomas ist Instrumentenbauer. Ich wünschte, ich hätte einen ähnlichen Beruf ergriffen. Bei seiner Tätigkeit geht es um leblose Materie. Thomas weiß, was passiert, wenn er sich daran zu schaffen macht. Und sein Job hat keine Auswirkungen auf die Freizeit. Wenn er aus der Werkstatt geht, ist die Arbeit abgeschlossen. Zeitlich und emotional.

Natürlich hat er manchmal auch Ärger im Betrieb. Aber normalerweise kommt er mit seinen Vorgesetzten und Kollegen gut zurecht. Gleichwohl kämen sie nie auf den Gedanken, sich zu duzen oder gar einen Teil der Freizeit miteinander zu verbringen. Das Verhältnis ist unkompliziert, ganz anders als das zwischen Natascha und mir.

»Was stellst du heute Abend an?«, frage ich ihn.

»Kochen«, antwortet Thomas. »Magst du vorbeikommen? Es gibt falschen Hasen.«

»Wann willst du anfangen?«

»Gegen acht.«

»Um acht fahre ich zu Natascha.« Mit Thomas und seiner Freundin würde ich einen gemütlichen Abend verbringen. Aber jetzt ist es zu spät. Ich kann und will nichts mehr ändern.

»Doppelkopf spielen?«, fragt er.

»Ja.« Unter anderem.

»Wir können ein Essen für das nächste Wochenende im Auge behalten«, schlägt Thomas vor.

»Gute Idee.– Seid ihr später in Schusters Halle?«

»Ich denke schon. Du auch?«

»Ich weiß es noch nicht.«

»Vielleicht sehen wir uns dort.« Thomas steht auf. »Ich muss noch einkaufen gehen. Mach's gut.«

Gut? Nicht gut, sondern perfekt werde ich ihn ausführen. »Bis dann«, sage ich.

Es bleibt noch genug Zeit, eine Runde zu drehen. Ich ziehe mir Schuhe und die Regenjacke an und gehe aus dem Haus. Schon bald unterbreche ich meinen

Gang. Auf einem Rasenstück direkt neben dem Bürgersteig steht eine Tafel mit Hinweisen auf politische Veranstaltungen. Ich überfliege die Anschläge und setze dann meinen Spaziergang fort. Neben dem Lebensmittelladen biege ich in einen schmalen Fußweg ein, der zwischen Privatgrundstücken hindurchführt. Nach kurzer Zeit komme ich wieder an eine Straße, die während des gesamten Jahres von Touristen frequentiert wird.

Ich überquere sie und gehe neben einer mit roten Steinen gepflasterten Straße, die nur von Anwohnern befahren werden darf, einen leicht ansteigenden Sandweg entlang. Nach zweihundertfünfzig Metern ändere ich meinen Kurs und biege nach rechts auf einen Feldweg ein. Ich muss aufpassen, um nicht in eine der vielen Pfützen zu treten. Bald erreiche ich eine Stelle, von der aus ich den unterhalb gelegenen Fußballplatz mit seinem zerschundenen Rasen überblicken kann.

Als Kind habe ich dort oft gespielt. Damals war ich im Verein angesehen, denn ich besaß eine Eigenschaft, die unter Fußballspielern selten ist: Ich konnte beidfüßig gut schießen. Ich tat es nicht nur beim Training, sondern auch bei den Punktspielen aus größerer Entfernung. Nicht immer flog der von mir getretene Ball auf das Tor. Aber wenn es der Fall war, hatte der Torwart nur selten eine Chance. Er konnte die Flugbahn erahnen, jedoch nicht verhindern, dass die Kugel ins Ziel traf: Ich schoss hart. Geschah es kurz vor Schluss, war es oft die Entscheidung: Sieg oder Niederlage, je nach Perspektive.

Mit den Jahren blieb der Erfolg auf der Strecke, warum, kann ich nur vermuten. Denn meine Mitspieler waren ja dieselben, und auch meine Vorzüge. Nur an Schnelligkeit hatte ich etwas eingebüßt. Wahrscheinlich weil ich inzwischen rauchte, nicht so exzessiv wie heute zwar, aber doch so viel, dass ich nicht mehr locker an meinen Gegenspielern vorbeiziehen konnte. Es hätte aber trotzdem reichen müssen, um besser zu sein als sie.

Gelegentlich blitzte mein Können noch einmal auf. Wenn es zu einem Tor führte, liefen die Mitspieler auf mich zu, umarmten mich oder klopften mir auf die Schulter. Ich selbst zeigte meine Freude nicht. Es war nicht meine Art, in die Luft zu springen oder mit ausgebreiteten Armen über den Platz zu rennen. Ich jubelte nur innerlich.

Ich gehe weiter: über den Gipfel der Anhöhe, der von den Einheimischen als Berg bezeichnet wird, obwohl sie weniger als hundert Meter hoch ist; zum Denkmal, das den Namen des Bundeslandes enthält, in dem ich lebe; durch einen Wald, in dem fast jeden Winter einige Menschen mit ihren Schlitten verunglücken, weil sie die Hindernisse nicht zu umkurven verstehen; an Feldern vorbei, die Kraft und Beständigkeit ausstrahlende alte Eiche im Blick. Nach einer knappen Stunde bin ich wieder an einer der Durchgangsstraßen des Dorfes, der ich bis zu meinem vor dem Haus stehenden Auto folge.

Ich müsste nicht einsteigen und im Handschuhfach nachsehen. Ich weiß, dass die Pistole noch darin liegt. Schließlich kann ich das von außen feststellen: Das Schloss ist nicht aufgebrochen und die Fenster sind nicht geöffnet. Aber ich schließe trotzdem die Fahrertür auf, setze mich auf den Fahrersitz und strecke den rechten Arm in Richtung Handschuhfach aus. Zum Glück fällt dabei mein Blick in den Spiegel auf der Beifahrerseite. Frau Wagner! Eigentlich nicht weiter erstaunlich. Mein Wagen steht direkt vor der niedrigen Gattertür zu ihrem Vorgarten. Sie geht mindestens fünfmal täglich hinaus, um irgendwelche Kleinigkeiten zu besorgen. Die beste Möglichkeit zum Tratschen. Ich fahre mir mit der Hand über den Kopf. Das fehlte noch, dass sie die Pistole entdeckt! Ich tue so, als suche ich etwas und beobachte sie aus den Augenwinkeln. Sie geht auffallend langsam: Offenbar wartet sie darauf, dass ich aussteige und mir ihre banalen Fragen anhöre. Den Gefallen werde ich ihr nicht tun. Ich habe schließlich Wichtigeres vor.

Endlich verschwindet sie in Richtung ihrer Wohnung. Ich wiege mich in Sicherheit und drücke den Knopf des Handschuhfachs. Die Klappe fällt herunter. Ich nehme die Landkarten heraus und ...

Das darf doch nicht wahr sein! Frau Wagner ist schon wieder im Anmarsch, nun mit einer Harke in der Hand. Sie muss doch nicht ausgerechnet jetzt in ihren Rosenbeeten nachsehen, ob die Katze dort wieder ihr Geschäft verrichtet hat? Doch. Ich stöhne auf und drücke die Klappe hoch. Mein Vorhaben, die Pistole zu überprüfen kann ich vergessen. Frau Wagner wird so lange mit den Metallspitzen in der Erde herumstochern, bis ich mich erbarme und sie begrüße. Ich schnappe mir eine CD und steige aus.

Frau Wagner richtet sich auf. »Guten Tag, Herr Broll!«

»Tag«, sage ich kurz angebunden.

»Herr Broll, ich muss Sie einmal etwas fragen,« beginnt sie, als belästigte sie mich nur alle zehn Jahre. »Also, der Stephan, mein Neffe, der vorletzte Woche bei mir war, Sie wissen schon, als ...«

»Ja«, unterbreche ich sie, um nicht sämtliche Ereignisse zu erfahren, die sich an jenem Tag in unserem Dorf und im Fernseher zutrugen.

Frau Wagner ist unbeeindruckt. »... als der Strom während des Gewitters ausfiel. Es war wirklich ungünstig, das können Sie mir glauben, Herr Broll! Der Sauerbraten, den ich extra für Stephan beim Metzger Schmidt gekauft hatte, obwohl er dort viel mehr als im Supermarkt kostet, aber ich wollte Stephan etwas Gutes tun, wo er doch so selten bei mir ist ... also mit einem Wort: Er war noch nicht durch, der Sauerbraten, und Stephan war ganz enttäuscht. Direkt gesagt hat er's mir zwar nicht, aber es war ihm anzusehen. Zuhause bekommt er ja immer nur dieses Zeug aus der Mikrowelle. Das hat's früher nicht gegeben. Meine Mutter ...«

Ich blicke auf die Uhr. Ganz langsam.

Frau Wagner quasselt weiter:

»Stephan hat noch keinen Brief bekommen. Von der Armee, meine ich. Können Sie mir das erklären, Herr Broll? Der Junge ist doch schon neunzehn. Da müsste er doch schon längst bei der Musterung gewesen sein!«

»Es gibt keine Wehrpflicht mehr«, sage ich trocken.

»Aber das geht doch nicht an! Ein junger Mann muss doch zum Militär!«

»Ihr Neffe kann bei der Bundeswehr anrufen, früher hieß das Kreiswehrersatzamt, jetzt Karrierecenter der Bundeswehr.« Wenn der Idiot tatsächlich zum Bund will, soll er es machen.

»Wie heißt das? Das kann sich doch kein Mensch merken. Schreiben Sie's mir doch bitte auf, Herr Broll!«

Ich gehe zu meinem Auto, schreibe das Wort auf die Rückseite einer Tankquittung, kehre zurück und reiche sie ihr.

»Ach, Sie mit ihrer Doktorschrift«, sagt sie.

Schweigend nehme ich ihr den Zettel aus der Hand, gehe wieder zum Auto und schreibe es noch einmal auf, diesmal in Blockbuchstaben.

»Das ist aber lieb, Herr Broll!« Frau Wagner strahlt. »Warten Sie, ich gebe Ihnen ein paar selbstgebackene Kekse!«

»Vielen Dank, aber das ist nicht nötig«, sage ich und steuere auf meine Wohnung zu.

»Sie können sie ruhig annehmen. Stephan hat sie vergessen«, ruft sie mir nach. Ich drehe mich nicht um.

Nun bin ich hungrig. Am liebsten würde ich mir jetzt mein Lieblingsessen zubereiten: etwas Reis aufsetzen und das Fett vom einem frischen Stück Fleisch entfernen, bevor ich es zerhacke; anbraten und in der Pfanne würzen, etwas Ananas oder Pfirsich dazugeben und mit trockenem Weißwein verfeinern. Im Grunde nicht schwierig, nur das Timing muss stimmen. Es ist ungünstig, wenn Fleisch und Beilage nicht zum gleichen Zeitpunkt fertig sind. Alles sollte abgestimmt sein.

Aber ich habe kein Fleisch im Haus. So bin ich gezwungen, etwas anderes zu kochen. Ich finde noch ein paar angebrochene Lebensmittel im Schrank und mache das Beste daraus.

Die Dusche läuft schon, ganz unnötig. Das Wasser wird schnell heiß und ich habe meine Kleidung noch gar nicht abgelegt. Ich stehe auf dem Vorleger und blicke in die Duschkabine. Der Strahl wirkt kompakt, wie aus einem Stück. Dabei sind es doch nur einzelne Tropfen, die zusammen in die Tiefe stürzen.

Das heiße Wasser auf meinen Körper rieseln zu lassen, ist sehr angenehm. Aber ich gönne mir das aus Kostengründen nur recht kurz. Der Durchlauferhitzer verbraucht viel Strom und der Stromzähler ist unerbittlich.

Nach dem Abtrocknen greife ich zur Zahnbürste. Der Erfolg meiner Bemühungen stellt sich innerhalb von wenigen Augenblicken ein. Die Essensreste kommen aus ihrem Versteck zwischen den Zähnen hervor. Mit einem kleinen Schluck Wasser gebe ich ihnen den Rest. Nun habe ich meine Ruhe. Bis zum nächsten Mal.

Es dauert mir zu lange, bis meine Haare von selbst trocknen. Ich föhne sie. Dann ziehe ich Unterwäsche an. Aus dem Kleiderschrank nehme ich das rote Hemd, das so aussieht, wie es mir am besten gefällt: weder zerknittert noch gebügelt. Ich weiß nicht mehr, wer mir den Rat gegeben hat, direkt nach dem Waschen am Kragen, den Ärmeln und anderen Stellen zu ziehen, um diesen Zustand herbeizuführen. Es klappt jedenfalls ausgezeichnet.

Ich bin rechtzeitig zum Aufbruch bereit, fast alles Nötige habe ich bei mir, auch den Tabak.

Die Dämmerung hat schon begonnen. Durch die Gardinen am Wohnzimmerfenster von Frau Wagner schimmert es bläulich: der Fernseher. Nun kann ich mir vollkommen sicher sein, sie wird heute nicht mehr hinauskommen.

Natürlich liegt sie noch im Handschuhfach. Die Aufregung am Ende meines Spaziergangs hätte ich mir sparen können. Ich hoffe, dass sie nachher sofort funktioniert, wenn es darauf ankommt. Falls nicht, wäre es sowieso sehr unwahrscheinlich, dass ich den Fehler fände, weil ich mich mit den Dingern nicht auskenne.

Der Wagen springt sofort an. Der Motor summt wie ein Schwarm Bienen. Ich lag also doch richtig. Die Autoschrauber in meinem Bekanntenkreis hatten mir damals vom Kauf abgeraten: auf die Italiener könne man sich nicht verlassen. Aber bisher hatte ich keine Probleme. Die Karre zieht zwar keinen toten Hering mehr, aber sie läuft.

Ich bin zuversichtlich. Und entspannt. Sonst hätte ich schon längst versucht, das vor mir fahrende Auto zu überholen, das mit achtzig Stundenkilometern auf der Landstraße schleicht, die in die Großstadt führt. Vielleicht ist der Fahrer betrunken und tut das Gleiche wie viele in derartigen Situationen: Er verhält sich übertrieben korrekt, in der Annahme, er werde dann von einer Polizeistreife nicht gestoppt. Genau das ist falsch. Man muss die zulässige Höchstgeschwindigkeit leicht überschreiten: etwas über sechzig in Ortschaften, und hundertzehn auf Landstraßen, sonst fällt man auf.

Ein Pkw hat aufgeschlossen und fährt kaum zehn Meter hinter mir. Das kann ich nicht leiden, erst recht nicht in der Dunkelheit. Seine Scheinwerfer blenden mich im Rückspiegel. Warum überholt der Trottel nicht? Befürchtet er vielleicht, dass aus einer der wenigen Einfahrten zu den Bauernhäusern ein Traktor ohne Licht herausgefahren kommt?

Der Wagen hinter mir behält den geringen Abstand bei. Na gut! Er hat es nicht anders verdient. Ich tippe leicht auf das Bremspedal, obwohl ich nicht ausschließen kann, dass ich damit einen Auffahrunfall provoziere. Zwar würde ich von jeglicher Schuld freigesprochen werden, weil sich der zu geringe Abstand nachweisen ließe und ich außerdem behauptete, plötzlich sei ein Hund am Straßenrand erschienen und habe das reflexartige Bremsen ausgelöst. Nur bedeutete ein Unfall am heutigen Abend einen unnötigen Aufschub. Wie ich gehört habe, dauert es ewig, bis auf einer Polizeiwache ein Protokoll abgeschlossen ist.

Zum Glück passiert kein Unfall. Der Fahrer reagiert blitzschnell, er lenkt seinen Wagen auf die Überholspur und zieht hupend vorbei. Endlich bin ich ihn los. Befriedigt schalte ich das Radio ein und summe die Melodie eines Liedes aus den 80ern mit.

Bald müssen der betrunkene Fahrer in dem Auto vor mir und ich anhalten. Wir sind an der ersten Ampel eines Dorfes angelangt. Es kommt mir vor, als sei sie immer auf rot geschaltet, um den Autofahrern zu Bewusstsein zu bringen, dass sie sich nicht mehr auf einer Landstraße befinden, sondern in einem Bereich, in dem es auf die Bewegungen von Menschen aufzupassen gilt. Kurz vor dem Umspringen der Ampel auf Grün sehe ich, dass sich auf der Querstraße ein Polizeiwagen der Kreuzung nähert. Das gefällt mir nicht; er wird wahrscheinlich in meine Richtung fahren. Wenn der Typ vor mir nicht abbiegt, werden uns die Beamten bald eingeholt haben. Und dann kann es geschehen, dass sie die Kelle vor meine Nase halten: Stopp! Und was bliebe mir übrig, als dieser Aufforderung zu folgen? Ich habe meine Fahrzeugpapiere und den Führerschein natürlich dabei; insofern dürfte ich keine Probleme bekommen. Aber ich habe so eine Ahnung, dass mit der Kontrolle der Papiere nicht alles erledigt wäre. Schließlich ist die Polizei auch für die Vorbeugung von Verbrechen zuständig. Vielleicht entdecken die Beamten, die an diesem regnerischen Freitagabend ihrer Dienst verrichten müssen, irgend etwas in meinem Blick, in meinen Augen, das sie fälschlicherweise als Hinweis auf die Einnahme von Drogen interpretieren. In diesem Fall würden sie meinen Wagen durchsuchen und die Waffe finden.

Der Wagen vor mir fährt los. Ich glaube, es ist ein Automatik. Die wahrnehmbare Pause, die beim manuellen Umschalten der Gänge entsteht, fehlt. Leider bleibt der Fahrer auch hier, innerhalb der geschlossenen Ortschaft, unter dem Limit. Mein Tachometer zeigt eine Geschwindigkeit von fünfundvierzig an. So kann es nicht weitergehen! Ich werde mir meinen ausgeklügelten Plan nicht zunichte machen lassen. Aber ich muss mich noch etwas gedulden. Ein Überholmanöver ist angesichts der vielen Kurven zu riskant. Ich nehme mir vor, nicht in Panik zu verfallen. Ich lehne mich zurück und höre wieder der Musik zu.

Endlich! Er biegt ab. Nun kann nichts mehr schiefgehen. Ich erhöhe die Geschwindigkeit. Die Polizisten müssten schon sehr schnell durch das Dorf fahren, um mich noch zu erwischen.

Niemand holt mich ein. Das Dorf geht fast nahtlos in die Großstadt über. Wie immer am Freitagabend sind dort viele Menschen unterwegs. Sie haben unterschiedliche Ziele: Kinos, Kneipen, die Wohnung des Partners ... Sie wollen sich amüsieren und sind enttäuscht, wenn der Abend einen anderen Verlauf nimmt. Ob ihnen klar ist, dass es immer eine Lösung gibt? Man muss nur den moralischen Schweinehund überwinden.

Fehlfarben

Ich bin am Ziel. Bei Natascha. Die Pistole verstaue ich in der Innentasche meiner Jacke und ziehe den Reißverschluss hoch. Nur bei sehr genauem Hinsehen ist eine Ausbuchtung zu entdecken. Ich steige aus.

Es dauert mir einen Tick zu lange, bis sie den Türöffner drückt. Ungeduldig stoße ich die Haustür auf und gehe die Treppen hinauf, immer zwei Stufen auf einmal. Kurz vor dem dritten Stock halte ich schnaufend auf dem Treppenabsatz inne. Warum beeile ich mich eigentlich so? Auf eine Minute kommt es doch nun wirklich nicht mehr an.

Mein Puls beruhigt sich, langsam steige ich nun Stufe für Stufe hinauf.

Sie wartet nicht auf mich, jedenfalls nicht an der offenen Wohnungstür. Die Tür ist angelehnt, ein schmaler Lichtstreifen fällt aus der Wohnung in den dunklen Hausflur. Ich gebe der Tür einen Schubs und sehe ihr zu, wie sie sich bis zum Anschlag öffnet. Im Flur ist niemand. Hier an der Garderobe unbeobachtet zu sein, ist mir ganz recht. So kann ich vorsichtig die Jacke ausziehen, ohne dass die Waffe herausfällt oder jemand sie sieht. Ich lasse sie in der Jackentasche, niemand außer mir weiß ja davon, und wenn ich sie brauche, kann ich sie jederzeit holen.

Sie sind alle schon in der Küche. Ihre Gesichtszüge lassen vermuten, dass sie sich auf einen gemütlichen Doppelkopfabend freuen. Ich werde sie vorläufig nicht enttäuschen. Erst das zweifelhafte Vergnügen, dann die ... – was soll ich sagen? »Arbeit« ist nicht der richtige Ausdruck. Vielleicht ist »Notwendigkeit« besser.

Natascha sagt nichts. Sie wirft mir nur einen Blick zu.

Beate grüßt. Ihre Stimmbänder grinsen.

Leonids »Hallo« klingt freundlich. Die Miene ist neutral.

Die Sitzordnung an dem ausgezogenen Küchentisch ist seit unserem ersten Spielabend die gleiche geblieben. Nataschas Stuhl steht neben dem Kühlschrank; die Gastgeberin hat den kürzesten Weg zur Tür und zu einer neuen Flasche Rioja. Beate, die fast immer die erste Besucherin ist, nimmt an Nataschas rechter Seite Platz. Während des Spiels hält sie die Karten in der rechten Hand und kann derweil mit ihrer linken Hand hantieren, wie sie möchte. Das gefiel mir noch nie. Gegenüber von Beate sitzt Leonid.

Ich bin ganz hinten. An der Wand. Manchmal versuche ich mich etwas aus der Enge zu befreien. Dann strecke ich meine Beine aus, ohne mich vorher zu vergewissern, ob Natascha ebenfalls die Beine ausgestreckt hat. Dann stoßen unsere Füße zusammen. Oder meine Beine streichen an ihren Fesseln vorbei.

Vor Natascha liegen die vierzig Karten – wir haben uns darauf geeinigt, ohne Neunen zu spielen – und ein Schreibblock. Auch wenn sie die Karten schon gemischt haben sollte, wird sie es gleich noch einmal tun. Es muss für jeden Beteiligten sichtbar sein: neues Spiel, neues Glück. Auf dem Zettel sind fünf Spalten: unsere Vornamen und »Spiel«, in der die Punkte der entsprechenden Partie eingetragen werden. Alle

Beteiligten starten bei Null. Nach jeder Begegnung modifiziert Natascha den Punktestand jedes einzelnen Spielers. Die Sieger gewinnen hinzu, bei den Verlierern geht es abwärts. Bisher machte Natascha am Ende eines Abends einen Kreis um den Endstand jedes Akteurs. Damit wird es überdeutlich: der große Gewinner, der kleine Gewinner, der kleine Verlierer, der absolute Verlierer.

Meine Liste ist weniger differenziert. Darauf gibt es keine kleinen Verlierer und keine kleinen Gewinner. Nur große.

Für gewöhnlich unterhalten wir uns etwas, bevor es losgeht. Meistens erzählen wir ein paar kleine private Erlebnisse, manchmal sprechen wir auch über Politik.

Heute ärgert sich Natascha über ein Interview, das sie gelesen hat. Der Sprecher einer Arbeitgebervereinigung hat sich über die wirtschaftliche Lage geäußert und über die seiner Meinung nach überzogenen Forderungen der Gewerkschaft. Will sie etwa eine Diskussion über den real existierenden Kapitalismus beginnen? Nicht, dass ich unpolitisch bin. Im Gegenteil. Aber ich will anfangen.

Natürlich: Beate muss etwas sagen. Ich bin überzeugt, dass sie auch etwas von sich gäbe, wenn Natascha über das Wetter geschimpft hätte. Sie muss ihr Interesse zeigen. Sie muss sich zeigen. Bei Natascha.

Leonid sieht das offenbar wie ich, er steigt nicht in das Thema ein und schweigt lieber. Natascha verspürt offensichtlich keine Lust, eine Zweierdiskussion mit Beate zu führen und beginnt mit dem Mischen der Karten. Als sie fertig ist, legt sie den Stapel zu Beate, als Aufforderung zum Abheben. Obwohl Beate das Ritual vertraut ist, reagiert sie nicht sofort. Dann ballt sie ihre linke Hand zu einer Faust und tippt mit den Knöcheln auf den Stapel. Es ist noch nie vorgekommen, dass sie abgehoben hat. Das wäre ja fast ein Akt des Misstrauens gegenüber Natascha – undenkbar, zumindest in Nataschas Gegenwart.

Leonid ist geduldig. Er wartet, bis alle Karten verteilt sind, bevor er nach ihnen greift.

Ich nehme die Karten einzeln auf. Die erste ist ein hoher Trumpf. Ein guter Start, nach meinen Erfahrungen gibt die erste Karte einen wichtigen Hinweis auf das restliche Blatt. Aber dieses Mal liege ich falsch, die nächsten Karten erfüllen die hohen Anfangserwartungen nicht.

Ich blicke verstohlen zu meinen Mitspielern. Beates Miene lässt keinen Rückschluss zu. Natascha sitzt aufrecht. Ihre Augen blitzen, wie früher, als wir ... Leonid fragt, ob jemand ein Solo spielt. Kopfschütteln. Er stellt die zweite obligatorische Frage: Vorbehalte? Auch das ist nicht der Fall. Also hat niemand außergewöhnliche Karten. Dennoch ist nicht auszuschließen, dass es eine besondere Partie wird.

Leonid kommt raus. Er legt das Kreuz-Ass ziemlich genau in die Mitte des Tisches. Es war zu erwarten, dass er ein Kreuz- oder Pik-Ass ausspielt. Zu Anfang des Spiels stehen mit einer dieser Karten die Chancen auf einen guten Stich nicht schlecht. Wenn er es nicht tut, macht es früher oder später jemand anderes.

Es ist schon ein seltsames Merkmal dieses Kartenspiels. Man verhält sich wie ein Egoist, weil man als einziger gewinnen will. Aber aufgrund der Regeln ist man fast immer auch ein soziales Wesen. Der Partner, der sich im Verlauf eines Matches herausstellt, profitiert von den Stichen, die man selbst gemacht hat. Er ist gewissermaßen der lachende Zweite. Bisweilen ist das gar nicht lustig.

Ich bin dran. Mit dem Mittelfinger und dem Daumen meiner linken Hand löse ich die Kreuz-Zehn von den anderen Karten, halte sie für den Bruchteil einer Sekunde fest und werfe sie mit leichtem Schwung auf den Tisch. Die Karte schlittert die glatte Oberfläche entlang, verlangsamt ihre Fahrt und bleibt schließlich auf der von Leonid gespielten liegen. Der Schein trügt jedoch. Auch wenn meine Karte obenauf liegt: Der Stich gehört Leonid. Bis jetzt zumindest.

Beate überlegt. Dann spielt sie bedächtig ebenfalls eine ordinäre Kreuz-Zehn aus. Das Zögern hätte sie sich wirklich sparen können, sie musste einfach die Farbe bedienen, da gibt es eigentlich nichts zu überlegen. Natascha ist die letzte in der Reihe. Sie zieht den Kreuz König.

35 Punkte im ersten Stich! Trotz des guten Auftakts gibt Leonid nicht zu erkennen, dass er zufrieden ist. Er schleift die vier Karten zu sich herüber, stapelt sie mit einer Hand und dreht sie um. Vor dem Ausspielen der zweiten Karte wartet er einen Moment. Nach unserer Vereinbarung kann man vor Beginn des zweiten Stichs durch ein Klopfen auf dem Tisch ansagen, dass man der Auffassung ist, das Spiel zu gewinnen. Eine solche Ansage hat zur Folge, dass die Punkte der entsprechenden Partie verdoppelt werden.

Aber es klopft niemand. Leonid setzt das Spiel mit einem Herz-Ass fort. Ein Blick auf meine Karten verrät mir, dass er diesen Stich nicht machen wird. Denn ich habe zwei Könige von dieser Farbe, es kann also nicht sein, dass alle anderen bedienen können.

Beate wirft das zweite Herz-Ass in die Runde, damit hat Natascha freie Wahl. Sie wählt den Karo-König. Auch niedrige Trümpfe führen manchmal zum Erfolg.

Mit Pik-Ass holt sich Natascha auch den nächsten Stich. Es könnte nicht schlechter für mich laufen. Meine Stimmung sinkt.

Natascha setzt nicht mit einem hohen Trumpf nach. Das erstaunt mich ein wenig, mit dem Herz-Buben reißt sie keine Bäume aus. Leonid überlegt nicht lange. Er weiß, was er zu tun hat: mit einem Pik-Buben darüber gehen. Damit wird er seinen Stapel mit den gewonnenen Stichen nicht erhöhen können, aber er zeigt, dass er nicht gewillt ist, Natascha die Punkte zu überlassen. Ich spiele Herz-Dame. Einen niedrigen Trumpf mit einer hohen Punktzahl wie die Karo-Zehn werde ich Beate nicht in den Rachen schieben, auch wenn ich das dumpfe Gefühl habe, in dieser Partie ihr Partner zu sein. Beate wirft eine niedrigen Trumpf ab und überlässt mir den Stich.

So! Wenigstens diese wenigen Punkte sind mir nicht mehr zu nehmen.

Ich lege den Herz-König auf den Tisch. Beate spielt triumphierend einen Karo-Buben. Hat sie etwa schon vergessen, dass die anderen kein Herz mehr haben können und sie daher mit ihrem Buben den Stich

nicht gewinnen wird? Natascha wirft entschlossen
Ballast ab. Diese Pik-Zehn wird ihre letzte Fehlfar-
be gewesen sein, nehme ich an. Leonid holt sich die
Punkte ohne jeglichen Schaueffekt mit einem Kreuz-
Buben. Ich blicke aus den Augenwinkeln zu Beate.
Sie tut, als sei sie nicht überrascht. Aber sie ist es, da
bin ich sicher.

Auch Leonid will ungeliebte Karten loswerden.
Mit dem Kreuz-König zieht er mich weiter in den
Abgrund, weil ich bedienen muss. Nun sind schon
15 Punkte auf dem Tisch. Und was macht Beate? Sie
spielt Karo-Dame! Typisch: weder Fisch noch Fleisch.
Entweder sie hat Interesse an dem Stich und spielt einen hohen Trumpf, oder sie hat keines. Dann braucht
sie aber keine kleine Dame zu spielen. Natascha zieht
die Karten zu sich herüber und zeigt uns eine Herz-
Dame, mit der sie eine gute Ernte einfährt.

Allmählich geht es ans Eingemachte. Jeder hat nur
noch vier Karten auf der Hand. Darunter sind auch
jene, die darüber entscheiden, wer wessen Mitspieler
ist.

Ich bin angespannt. Es ist kein Widerspruch, meiner
Tat gelassen entgegenzusehen, und gleichzeitig wegen
des Verlaufs dieser Doppelkopfpartie nervös zu sein.
Bis jetzt habe ich nur einen einzigen Stich gemacht.
Nur mit viel Glück wird ein zweiter hinzukommen.

Auf Nataschas Pik-Dame folgt die Offenbarung Leonids: Kreuz-Dame. Das habe ich befürchtet, mit ihm
spiele ich also nicht zusammen. Ich blicke auf mein
Blatt und gehe die Möglichkeiten durch. Schließlich
entscheide ich mich für eine Karo-Zehn. Der Herz-

Bube von Beate lässt aus meiner Vermutung ein Urteil werden: Natascha und Leonid sind das eine Paar, Beate und ich das andere. Theoretisch existiert noch die Chance, dass ich mich täusche. Aber ich habe recht. Weil meine Gefühle recht haben. Noch einmal werde sie nicht missachten.

—

Im Mai letzten Jahres konnte ich das Ergebnis meines Studiums in eine DIN-A4-Folie stecken: ein Blatt Papier, auf dem mir von einem Bevollmächtigten der Universität mittels Unterschrift und Stempel bescheinigt wurde, das Erste Staatsexamen für das Lehramt an Haupt- und Realschulen mit »gut« bestanden zu haben. Um mich Lehrer nennen zu dürfen, musste ich eine weitere Hürde überspringen: das Referendariat, eine zweijährige Tätigkeit an einer Schule, in der der Beamtenanwärter bei der Erteilung von Unterricht von routinierten Pädagogen unterstützt wird. Der frühestmögliche Einstellungstermin war der folgende Herbst. Ich ließ die erforderliche medizinische Untersuchung über mich ergehen (erstaunlicherweise waren auf dem Röntgenbild meiner Lungen keine Schatten zu erkennen), beantragte bei der Gemeinde ein polizeiliches Führungszeugnis (die Dorfbullen hatten mich nie erwischt), füllte die Unterlagen aus und bewarb mich bei der zuständigen Behörde.

Die Sommermonate verbrachte ich an der Westküste Irlands. In einem kleinen Hotel konnte ich einen Job ergattern und so den Aufenthalt finanzieren.

Mit der Inhaberin verstand ich mich ausgezeichnet. Jenny hatte trotz des frühen Todes ihres Mannes ihren Humor nicht verloren. Auch ihr Katholizismus tat meiner Sympathie keinen Abbruch, weil die Anzahl der Pints Guinness, die sie trank, die der Gebete bei Weitem übertraf. Mir gegenüber war sie immer freundlich, fast mütterlich.

Um halb acht Uhr morgens stand ich mit ihr in der Küche und bereitete das Frühstück vor. Nachdem die Gäste die überaus vitaminreichen Toasts und Cornflakes verzehrt und das Haus verlassen hatten, machten wir deren Zimmer. Danach hatte ich bis zum frühen Abend frei. Ich klemmte mir ein Buch unter den Arm und ging über eine Wiese an den Atlantik. Dort saß ich tagsüber, an einen Felsen gelehnt, und las oder blickte auf das Meer. Meine Aussicht veränderte sich innerhalb kürzester Zeit mehrmals. Kaum hatte war die Sonnencreme in die Haut eingezogen, musste ich meine Regenjacke anziehen, und kurz bevor ich mich entschloss, meinen Platz zu verlassen und in eine kleine Höhle zu kriechen, erschien ein Stück blauer Himmel am Horizont. So erging es mir, wie mir schien, ständig. Von sechs Uhr abends bis zum Feierabend schrieb ich die Bestellungen an den zumeist von ausländischen Touristen besetzten Tischen auf. In der Küche legte ich die Notizblätter auf die Ablage neben dem Gasherd. Ungefähr nach einer Viertelstunde wurde mein Trommelfell von einer wenig zärtlichen Stimme erschüttert: »Michael!« (»Maikel«), tönte Jennys Bass, »are you ready for table ...?« Sofort sprang ich hin. In kerzengerader Haltung überreichte sie mir die Teller mit den Karotten, die sich neben dem Hauptgericht tummelten. Ich nahm die Teller mit den Speisen entgegen, die außer mit Salz nur noch mit Salz gewürzt waren, drehte mich um und servierte die Mahlzeiten.

Bei den Hummer-Gerichten war es für mich etwas aufwendiger. Wenn ein Gast diese Delikatesse verlangte – einschließlich der Angabe eines bestimmten Preises –, musste ich mich mit der Taschenlampe bewaffnen, über den Hinterhof gehen und die halbvermoderte Tür eines Holzschuppens aufziehen. Drinnen lagen in einer mit Salzwasser gefüllten Wanne einige Dutzend Hummer neben- und übereinander. Ich richtete den Strahl der Lampe darauf und versuchte herauszufinden, welches Tier dem genannten Preis entsprechen könnte. Bevor ich hineingriff, dachte ich immer an den Fischer, der Jenny belieferte. An seine Finger. Alle waren verrunzelt und kräftig. Alle sieben. Trotz aller Vorsicht beim Fang hatten sie ihn mit ihren kräftigen Scheren erwischt. Ratsch! Jedesmal, wenn ich den Schuppen betrat, stellte ich mir vor, wie sein Blut auf das Deck des kleinen Kutters gespritzt war.

Eigentlich brauchte ich keine Angst zu haben, die Scheren der Hummer waren mit einem kräftigen Gummiband gefesselt. Dennoch kostete es immer etwas Überwindung, die Hand in das Wasser zu tauchen und nach einem von ihnen zu greifen.

Natürlich wehrte er sich. Wie alle seine Vorgänger versuchte er, sich aus meiner Gewalt zu befreien. Aber es nützte ihm nichts, ich war mächtiger. Ich trug den

Hummer zur Küche, wo Jenny den Deckel des großen schwarzen Topfes anhob. Ohne zu zögern, warf ich ihn in das kochende Wasser, und schon Sekunden darauf zuckte er nicht mehr.

In Irland ging es mir prächtig, Kost und Logis waren frei, und neben dem Stundenlohn bekam ich gutes Trinkgeld. Aber nicht deswegen ging es mir gut. Ich war entspannt, weil ich hier keinen Feind hatte.

Ende August rief Thomas an. Ich hatte ihm meinen Briefkastenschlüssel gegeben und ihn gebeten, sich zu melden, sobald Post von der Behörde eingetroffen war.

»Glückwunsch!«, sagte Thomas. »Du hast die Referendariats-Stelle. Im November geht's los.«

Ich schwieg.

»Was ist los? Freust du dich nicht?«

»Nein«, antwortete ich. »Danke für den Anruf.« Ich beendete das Gespräch und ging zurück in den Trubel des Gastraums.

Warum hatte ich so reagiert? Warum gönnte ich mir keine kleine Atempause zum Nachdenken? Aber nein, ich Idiot ging gleich wieder an die Arbeit, ließ mich von Jenny treiben, die ihre hungrigen Gäste im Kopf hatte. In den folgenden Stunden flitzte ich hin und her, als ob nichts vorgefallen wäre. Die Teller blieben ganz, die Rechnungen stimmten. Nach der Arbeit ging ich zu Bett, schloss die Augen und schlief nach einer gefühlten Ewigkeit ein.

Ich trete gegen die Luft, schlage mit den Fäusten auf die Matratze, würge das Kissen. Trotz der Brachi-

alität meines Angriffs zerbersten sie nicht in tausend
Stücke, sie bleiben ganz! Die Schweißperlen auf meiner Stirn mutieren zu Feuerbällen, die sich durch die
Haut und durch die Schädeldecke fressen. Sie bren-
nen weiter und lassen auch gegenüber jenen Zellen,
die ich am helllichten Tag in den hintersten Winkel
des Gehirns geschoben habe, keine Gnade walten. Es
brennt lichterloh.

Mit dem Klingeln des Weckers hörten die Flammen
zu lodern auf. Ich stieg aus dem Bett und tauchte meinen Kopf in eine Schüssel mit eiskaltem Wasser. Und
als ich das Fenster öffnete, jagten die letzten Rauch-
schwaden hinaus.

Meine Zeit in Irland ging zu Ende und Jenny brachte
mich zum Busbahnhof nach Galway. Beim Abschied
sagte sie mir, dass ich jederzeit willkommen sei, wenn
ich wieder einmal nach Irland komme, natürlich
nicht als zahlender Kunde, sondern als persönlicher
Gast. Wer weiß, vielleicht bräuchte ich ja eines Tages
mal einen Zufluchtsort.

In Dublin hatte ich einige Stunden Aufenthalt und
schlenderte durch die Innenstadt. An vielen Stellen
entdeckte ich Spuren des sich über Jahrhunderte
hinziehenden Aufstands gegen die Vorherrschaft der
Engländer. Es war nicht jederzeit ein offener Kampf
gewesen. Aber das Ziel hatten die Iren niemals vergessen: die Befreiung von der fremden Macht. Mit allen
Mitteln.

In Dublin und in London-Heathrow studierte ich
die Tafel mit den Abflügen nicht länger als unbedingt

nötig. Es hätte zu sehr geschmerzt, all die Namen
der Städte und Länder zu lesen, die von hier aus zum
Greifen nah schienen. Einfach zum nächsten Schalter
und ich wäre in wenigen Stunden dort! Auf den Fahn-
dungslisten standen viele Betrüger, Entführer und
Mörder. Mein Name und mein Foto stand dort nicht.
Ich hätte unter meinem richtigen Namen nach Aus-
tralien oder Südamerika fliegen können. Stattdessen
stieg ich brav in meinen Flieger nach Deutschland.

»Warum?«, fragte Thomas. »Niemand zwingt dich,
diesen beruflichen Weg einzuschlagen.« Er stach mitten in die Wunde.
    »Was soll ich denn sonst machen?«
    »Das ist nicht dein Ernst, oder?«
    »Doch«, sagte ich trotzig.«
    Wir saßen in einem Kanu und paddelten den klei-
nen Fluss hinunter, Flucht war unmöglich. Thomas
ließ nicht locker und so bat ich ihn schließlich, mit
dem Thema noch zu warten, bis wir wieder festen Boden unter den Füßen hatten. Er war einverstanden.
    Etwa eine dreiviertel Stunde später steuerten wir
das Boot mit Schwung auf das sandige Ufer, ein paar
Zentimeter rutschten wir hinauf, bevor der Plasti-
krumpf zum Stehen kam. Wir sprangen hinaus, zogen
das Boot ein Stück höher ans Ufer und standen nun
auf der Wiese. Thomas öffnete mit dem Feuerzeug
ein Bier, reichte es mir hinüber und nahm sich selbst
auch eines aus dem mitgebrachten Sixpack. Wir stie-
ßen kurz und beiläufig an, tranken einen Schluck und
zündeten uns dann jeder eine Zigarette an.

Es hatte keinen Zweck, über gemeinsame Bekannte zu sprechen. Sie waren nicht das Thema.

»Du kannst das nicht nachvollziehen«, begann ich. »Du hast einen Beruf, der dich ausfüllt.«

»Eben«, sagte Thomas. »Genau aus diesem Grund musst du es lassen.«

»Ich habe keine konkreten Ziele«, sagte ich. »Wenn ich den Drang hätte, den Mount Everest hochzuklettern oder eine Firma zu gründen, würde ich es tun.«

»Die Konsequenz kann nicht sein, dass du etwas tust, was du insgeheim nicht tun willst«, wandte er ein.

»Irgendwo muss ich schließlich meine Brötchen verdienen«, sagte ich. »Außerdem: Mit meiner Ausbildung habe ich nicht viele Möglichkeiten. Englisch und Geschichte – was soll man damit schon groß machen?«

»Rede doch nicht so einen Mist! Du hast ein Studium abgeschlossen, beherrscht eine Weltsprache, bist unabhängig ... Du lebst jetzt, verflucht nochmal! Willst du dich zwei Jahre quälen?«

Ich versuchte es mit einem anderen Argument. »Nur mit dem Lehrertitel kann ich auch im Ausland unterrichten.«

»Stimmt«, sagte Thomas. »Dort werden wahnsinnig hohe Gehälter gezahlt.«

Seine Bemerkung war natürlich ironisch gemeint, aber auf mich wirkte sie wie ein Angriff. Trotzdem blieb ich äußerlich ruhig, sogar danach noch, als er mir einen weiteren Schlag versetzte: »Du hattest gehofft, dass du die Stelle nicht bekommst. Um dir selbst einreden zu können, dass du alles getan hast, es aber leider nicht geklappt hat. Dein Gewissen wäre lupenrein gewesen. Aber es hat sich anders entwickelt. Jetzt sitzt du hier und siehst mich böse an. Dabei bist du nicht unschuldig. Im Gegenteil: Du bist der Täter!«

Den Vorschlag der Behörde, mir eine Schule zu vermitteln, in der ich meine Ausbildung machen konnte, lehnte ich ab. Ich wollte lieber selbst aktiv werden.

Ich rief bei den Schulen in der Umgebung meines Wohnortes an. Schließlich landete ich einen Treffer. Die Direktorin der Schule erklärte, dass sie gute Erfahrungen mit Referendaren gemacht hätten. Aber natürlich müsse ich mich zunächst mit zwei Lehrern unterhalten.

Diese würden dann entscheiden, ob sie mich während der Ausbildungszeit betreuen wollten.

Zwei Tage später führte mich die Direktorin in das Lehrerzimmer. »Nehmen Sie doch schon Platz«, forderte sie mich auf, »Frau Hoppe und Herr Brinkmann werden gleich kommen.« Sie ließ mich allein.

Die große Uhr zeigte an, dass ich noch einige Minuten auf meine potentiellen Mentoren warten musste. Ich sah mich um. An der schmalen Wand, zwischen den beiden Türen zum Gang und zu dem kleinen Raucherzimmer, befand sich ein schwarzes Brett. Neben dem Vertretungsplan wurden dort Mitteilungen der Gewerkschaften, des Regierungspräsidiums und anderer Institutionen mit runden Magneten, die die Blätter zu zerquetschen schienen, befestigt.

An der den Fenstern gegenüberliegenden Wand waren die Fächer der Lehrkräfte. Schulbücher konnten problemlos dort untergebracht werden, nicht jedoch die Schnellhefter. Zusammengerollt ragten sie weit über die Regalböden hinaus. Nur eine ganz leichte Berührung eines Vorbeigehenden mit den Schultern oder den Beinen, und schon verlören sie ihren Halt.

Noch überfluteten die Strahlen der Septembersonne die großen Tische des Lehrerzimmers. Aber bald würden sie ausgesperrt werden, wenn die Lehrer die Jalousien an der breiten Fensterfront schließen würden, um sich nicht blenden zu lassen.

Das Blinken der roten Lampe machte mich nicht nervös. Nur neugierig. Bis zu diesem Moment war bei mir beruflich alles glatt gegangen. Das Staatsexamen an der Uni, die Bewerbung bei der zuständigen Behörde und nicht zuletzt das Gespräch mit der Direktorin der Schule – nirgendwo eine unüberwindbare Barriere.

Plötzlich veränderte sich die Situation. Der Boden geriet unmerklich in Bewegung. Der Druck, dem er ausgesetzt war, kam von außen. Von oben. Von Menschen. Die Geräusche näherten sich. Schritte. Laute Stimmen von Kindern, Jugendlichen, Erwachsenen. Die Tür wurde aufgeschlossen und eine Frau betrat das Lehrerzimmer.

»Guten Morgen!«, grüßte ich, unfreiwillig etwas leise. Ich räusperte mich verlegen. Sie grüßte ebenfalls, ging zu einem der Tische und stellte seufzend ihre Tasche ab. »Ich brauche jetzt einen Kaffee«, sagte sie. »Willst du auch einen?«

Ich nahm ihr Angebot an. Dieses Mal sprach ich laut genug.

»Von der Uni zur Realschule – ist das kein Abstieg?« fragte sie lachend, nachdem sie mir eine Tasse gegeben hatte.

»Nein, ein Aufstieg. Vom Studenten zu Referendar«, antwortete ich.

»Mir fiel es damals sehr schwer«, sagte sie. »Das frühe Aufstehen, das regelmäßige Arbeiten ...«

Auch eine Art, meine Arbeitshaltung zu prüfen. Mir lag eine patzige Bemerkung auf der Zunge. Aber ich hielt mich zurück. »Darüber mache ich mir keine Gedanken«, sagte ich.

Der Raum hatte sich inzwischen langsam gefüllt. Ein mittelgroßer, vollbärtiger Mann trat auf mich zu. »Herr Broll?«

»Ja.«

»Mein Name ist Brinkmann.«

»Freut mich.« Ich schüttelte ihm die Hand.

»Gehen wir auf den Schulhof«, schlug er vor. Ich war etwas verwirrt, warum blieben wir nicht einfach im Lehrerzimmer?

»Natascha, äh, ich meine Frau Hoppe ist dort«, erklärte Herr Broll. »Sie hat Aufsicht.«

»Ach so«, stotterte ich. »Ich dachte ...« Ich blickte zu der Lehrerin, die mir den Kaffee angeboten hatte.

Draußen auf dem Schulhof wurde ich erneut überrascht. Es war kaum zu glauben, eigentlich war ich aus beruflichen Motiven zu dieser Schule gefahren, aber nun kam ich mir vor wie im Kino. Auf der Leinwand mehrere Akteure, doch im Zentrum nur diese eine Person, diese lässig-elegant gekleidete und dezent geschminkte Frau. Natascha Hoppe schaffte es, sich ohne die Hilfe eines großen Regisseurs bei mir in Szene zu setzen. Mein Herz schlug wie bei einem Rendezvous. Ich musste mich zusammenreißen, um nicht zu stolpern und das Gelächter der vielen Schüler hervorzurufen.

Als ich direkt vor ihr stand, hatte ich merkwürdigerweise die Vorstellung, dass sie mit ihren schlanken Fingern über meinen linken Unterarm gleiten und nach meinem Puls tasten würde.

Natascha tat etwas anderes. Sie sah mir in die Augen und sagte: »Da bist du ja!«

Herr Brinkmann rettete mich. Vorläufig. Denn er fragte, worauf ich vorbereitet war: nach den Unterrichtserfahrungen, die ich bei meinen Praktika gewonnen habe, in welchem englischsprachigen Land ich mich länger aufgehalten hatte, und wie ich meine Rolle eines Referendar genau verstehen würde. Ich antwortete ausführlich, aber nicht immer wahrheitsgemäß.

Die große Pause war schnell vorüber. Herr Brinkmann bat um eine Bedenkzeit. Am folgenden Tag würde er mir mitteilen, ob er mein Mentor im Fach Englisch werden wolle.

Für Natascha war schon alles klar.

Ich preschte an jenem Tag, als Natascha und ich uns zum ersten Mal begegneten, nicht mit meinem Wagen gegen einen Baum. Die Feuerwehr brauchte keine Stunden, bis sie sich durch den zusammengedrückten

Klumpen aus Metall, Glas und Kunststoff gekämpft hatte, um mich befreien zu können. Die Feuerwehr würde wegen mir niemals aktiv werden. Nur die Polizei.

Ich rief mir wieder und wieder die kleinste Kleinigkeit unseres ersten Zusammentreffens ins Gedächtnis, legte alles auf die Goldwaage, jede einzelne Regung in ihrem Gesicht, jede noch so winzige Veränderung ihrer Körperhaltung. Immer wieder klangen ihre Begrüßungsworte zuckersüß in meinen Ohren: »Da bist du ja endlich!«

Am nächsten Morgen hatte ich mich ein wenig beruhigt. Sei vorsichtig, redete ich mir ein, ganz vorsichtig, sonst wirst du ertappt. Alles zu seiner Zeit. Ich rief in der Schule an und bat die Sekretärin, Herrn Brinkmann an den Apparat zu holen. Kaum hatte ich gehört, dass er sich bereit erklärte, mein Mentor zu werden, zählte ich im Kalender nach: sechs Wochen und drei Tage waren es noch, bis ich sie wiedersehen würde. Natascha. Meine zukünftige Mentorin und ... Ich schwelgte in Fantasien. Über einen Monat noch. Zu lange, fand ich. Ich überlegte, was ich ihr am Telefon sagen konnte. Alles auf eine Karte setzen: »Es ist mir egal, was du jetzt denkst! Ich will dich sehen, und zwar sofort. Wo wohnst du?« Oh Backe! Vielleicht etwas sensibler: »Natascha, ich habe einen Geheimtipp. Ein kleines Lokal mit internationaler Küche. Klein. Gemütlich. Wie geschaffen für ...« Immer noch zu forsch. Auf die pädagogische Tour: »Natascha, gestern auf dem Schulhof ... wir müssen das unbedingt ausdiskutieren ...« Nicht romantisch genug. Alles graue

Theorie, dachte ich dann. Ich werde schon die richtigen Worte finden.

Im Internet fand ich sie nicht, auch nicht im Telefonbuch. Sie gehörte wohl zu den Lehrerinnen, die in ihrer Freizeit nicht von besorgten Eltern angerufen und nach den Ursachen der schlechten Noten ihrer Kinder in der Schule gefragt werden wollten. Darin unterschied sie sich nicht von ihren Kolleginnen. Auch sie möchte ihre Ruhe haben, wenn sie mit ihrem ... Ganz bestimmt hat sie einen, redete ich mir ein, es kann gar nicht anders sein. So eine attraktive Frau.

Ich legte sie zu den ausgeträumten Akten: erledigt.

—

Leonid braucht nicht lange zu überlegen. Jetzt, wo er sich mit der Kreuz-Dame zu erkennen gegeben hat, kann er eine ihn belastende Karte ausspielen: die Pik-Zehn; viele Punkte also, die zu erkämpfen nun Anliegen des Mitspielers sein muss, den er noch nicht kennt.

Ich weiß, dass ich es nicht bin. Aber natürlich würde ich die Punkte gern kassieren, wenn es möglich ist. Allerdings ist für mich der Zeitpunkt noch nicht gekommen, um loszuschlagen. Ich halte zwar noch einen sehr hohen Trumpf in der Hand. Aber es wäre die Sache nicht wert, auch wenn dieser Stich wichtig ist. Schließlich werden zu den zehn Punkten, die schon auf dem Tisch sind, noch weitere hinzukommen. Der Haken ist jedoch, dass Natascha nach mir dran ist, sie sitzt also am längeren Hebel. Wenn ich in diesem

Moment meine einzige scharfe Waffe in die Schlacht werfe, ist es sehr wahrscheinlich, dass sie von Natascha entschärft wird.

Ebenso unklug wäre es, das Karo-Ass zu ziehen, das wird nicht reichen, um den Stich zu bekommen. Und das gäbe nicht nur viele Punkte, sondern zu allem Überfluss noch Bonuspunkte für die Gegenpartei, »Fuchs gefangen«. Mir bleibt keine andere Wahl. Mein Karo-König landet auf dem Tisch. Beate spielt die Pik-Dame. Natascha dürfte es nicht die geringsten Schwierigkeiten bereiten, Beate zu übertrumpfen, vermute ich.

Natascha spielt ihre Karte aus: die zweite Kreuz-Dame. Das ist keine Überraschung, natürlich habe ich damit gerechnet. Dennoch bin ich sehr verärgert, innerlich; nach außen lasse ich mir nichts anmerken. Ich schreie nicht. Ich werfe auch nicht mein Weinglas an die Wand oder sonst wohin. Es springt nicht in tausend Stücke. Es bleibt ganz und behält die aus Trauben gepresste Flüssigkeit in seinem Inneren.

Leonids Gesicht zeigt ebenfalls keine Anzeichen von Freude. Dabei müssten doch wenigstens kleine Spuren der Erregung sichtbar sein! Ein kurzes Aufleuchten in den Augen, eine Bewegung mit den Lippen – irgendetwas. Begreift er es nicht? Er muss sich doch bewusst sein, was hier geschieht. Er befindet sich auf der Siegerstraße, und das zusammen mit Natascha. Aber nichts, überhaupt nichts. Er bleibt die Ruhe in Person.

Natascha setzt das Spiel mit einer Karo-Dame fort. Leonid spielt einen Buben.

Ich sehe mich gezwungen, meine Herz-Zehn zu spielen. Es ist der pure Pragmatismus. Wenn ich sie jetzt nicht in die Waagschale werfe, werde ich kaum noch die Chance haben, sie nach Hause zu bekommen. Unser Stich, nun kann Beate ihn noch mit vielen Punkten auffüllen. Damit können wir wenigstens etwas an Boden gutmachen.

Warum in aller Welt ein Bube, Beate? Ich könnte ausfällig werden. Warum nicht mehr? Hast du wirklich nur noch Schrott zwischen deinen Fingerkuppen?

Der letzte Stich. Gegen Nataschas Herz-Zehn ist kein Kraut gewachsen. Und so landet er bei den Gegnern und vermehrt deren ohnehin schon reichliche Anzahl an Punkten. Dabei hätte ich zu gern Leonids Karo-Ass unter den von mir gewonnenen Stichen begraben. Ich spiele resigniert mein Karo-Ass und blicke auf Beate.

Ich habe sie zu Unrecht beschuldigt, sie hätte nicht anders handeln können. Da ist nur noch eine Pik-Zehn.

»Zähl' du«, fordert Natascha mich auf.

Missmutig greife ich nach dem kleinen Stapel und addiere: 26 Augen. Lächerliche 26 Augen. Das wird teuer. »Keine 30«, sage ich.

»Keine 30!«, wiederholt Natascha freudig, »und ein Extrapunkt. Super!« Sie nimmt den Notizblock und trägt die Punkte ein.

Nach unserer Zählweise wiegt eine verlorene Partie besonders schwer. Es ist ein Nullsummenspiel: Gewinne und Verluste müssen sich ausgleichen. In die

Spalten Nataschas und Leonids schreibt sie ein Plus-
zeichen vor die Punktzahl. Vor die Punktzahl von
Beate und mir zieht sie einen Querstrich, den, wie
mir scheint, Natascha mit Vergnügen besonders breit
macht: das Minuszeichen. Der Stempel: Da sind sie,
die Verlierer.

Wenn Natascha tatsächlich annimmt, dass das den
ganzen Abend so weitergeht, täuscht sie sich. Gewal-
tig.

Damensolo

Leonid mischt bedächtig die Karten. Beate führt das Weinglas an ihre geschminkten Lippen und trinkt einen winzigen Schluck. Ich überlege, ob ich auf den Balkon gehe und eine Zigarette rauche, entschließe mich aber, es erst nach dem nächsten Match zu tun.

Natascha kommt auf die Fehler zu sprechen, die ich ihrer Meinung nach in der vorherigen Partie machte. Sie kann die Dinge einfach nicht auf sich beruhen lassen. »Im vierten Stich«, beginnt sie, »als ich mit einem Buben herauskam, und auch Leo nur einen kleinen Trumpf spielte – da hättest du eine Karo-Zehn legen müssen.«

Ich kann mich an die Situation erinnern. »Ich wusste noch nicht, dass ich mit Beate zusammen spiele«, erwidere ich, »warum hätte ich ihr so viele Punkte schenken sollen?«

»Natürlich stand es noch nicht fest«, sagt Natascha. »Aber du hättest zeigen müssen, dass du ein schlechtes Blatt hast.«

Ich widerspreche nicht, obwohl es angebracht wäre.

Leonid teilt wie beim Skat aus. Jeder erhält zunächst drei, dann vier, schließlich wieder drei Karten. Ich bleibe meinem Prinzip treu: einzeln aufnehmen. Die Trümpfe stecke ich auf die rechte, die Nicht-Trümpfe auf die linke Seite. Jetzt unterteile ich sie genauer. Asse und Damen, jene Kräfte also, die viel ausrichten können, kommen ins Zentrum, die anderen an die Peripherie.

Ich blicke in die Runde. Leonid und Natascha schütteln gleichzeitig die Köpfe. Auch Beate hat nichts anzumelden: alles sieht nach einem normalen Spiel aus.

Ich habe das Recht, die erste Karte zu spielen. Das ist normalerweise ein Vorteil, aber dieses Mal ist es höchst fraglich, ob ich daraus Kapital schlagen kann. Nach meinem Blatt zu urteilen, wird nicht jeder Mitspieler die Farbe besitzen, mit der ich herauskomme.

Beate und Natascha legen jeweils eine Pik-Zehn zu meinem Pik Ass. Aber Leonid macht meine aufkeimende Hoffnung zunichte. Eine Karo-Zehn erscheint auf dem Tisch. 41 Punkte in einem einzigen Stich: ein Bonus für Leonid, und nur dann auch für mich, wenn wir in dieser Partie gemeinsam agieren.

Leonid probiert es mit dem Ass einer anderen Farbe. Die Möglichkeit, dass er es durchbringt, scheint groß zu sein. Ich habe nur den Kreuz-König. Mein Widerwillen hilft mir keinen Deut weiter. Nur diese Karte darf ich ziehen, wenn ich mich an die Regeln halte. Und genau das will ich tun. Vorläufig.

Die Frauen handeln erneut synchron: Sie spielen Kreuz-Zehn. Ob es sie ärgert, bei zwei aufeinanderfolgenden Stichen den Männern Punkte geben zu müssen? Nein. Ihre Gesichter sind nicht verzerrt. Trotzdem ginge es zu weit, Doppelkopf als geschlechterverbindendes Element zu bezeichnen. Dafür ist während unserer bisherigen Spielabende zu viel Porzellan zerschlagen worden. Wenn auch kein Menschenleben.

Leonid hat mehr Glück als ich. Alle mussten bedienen. Damit hat er schon 70 Punkte. Er zeigt uns die zweifellos vorhandene Freude darüber nicht.

Sofort ist die nächste Karte fällig: ein Karo-Bube. Ich verhalte mich anders als Beate im ersten Match. Ich donnere die Kreuz Dame auf den Tisch. Nun können sie mich einschätzen. Ich allerdings, ich weiß noch nicht, woran ich in dieser Partie bin. Aber ich erwarte, dass die anderen bald ihre Haltung verraten: mit mir oder gegen mich.

—

Am ersten Montag im November quälte ich mich früh aus dem Bett. Ich trank rabenschwarzen Kaffee und rauchte zwei Zigaretten hintereinander.

Der Start in den neuen Lebensabschnitt hätte nicht aufregender sein können. Die Direktorin übergab mir als Erstes einen Ordner mit Formularen, die es durchzulesen und zu unterschreiben galt. Es wäre doch schließlich verheerend, wenn ein angehender Beamter den Heranwachsenden ohne Kenntnis der Gesetze und Verordnungen in einer deutschen Lehranstalt gegenüberträte.

Eine gefühlte Ewigkeit war ich mit dieser anspruchsvollen Tätigkeit befasst, ohne dass ich sie unterbrach, um den Teer auf der Lunge zu erneuern.

Sogar sie vergaß ich. Bis sie mich berührte. An der rechten Schulter. Ich zuckte zusammen.

»Ich wollte dich nicht erschrecken«, sagte sie.

»Macht nichts«, erwiderte ich.

»Wie lange brauchst du noch?«

Ich sah auf die Uhr. »Um halb zwölf bin ich fertig, schätze ich.«

»Das trifft sich ja gut«, meinte Natascha. »Ich habe nach der vierten Stunde frei. Treffen wir uns im Lehrerzimmer?«

»Klar«, sagte ich.

Ich hatte Mühe, mich wieder auf den Inhalt der Unterlagen zu konzentrieren, nachdem sie gegangen war. Aber ich musste mich überwinden, weil es sich nicht nur um Formalia handelte. Ich unterschrieb, dass ich den Abschnitt »Fahrlässiges Handeln« gelesen hatte. Fortan konnte ich disziplinarisch und finanziell zur Rechenschaft gezogen werden, wenn ich Schülern nicht die in den Unterricht mitgebrachten Waffen abnahm und sie damit jemanden verletzten oder gar töteten.

Es dauerte etwas länger, als ich vermutet hatte. Um fünf Minuten vor zwölf betrat ich das Lehrerzimmer.

»Ich dachte schon, du lässt mich sitzen!«, empfing sie mich.

»Tut mir leid.«

Sie kam sofort zur Sache. Unvermittelt nahm eine übergroße Frau in einem langen, bis an die Füße reichenden orangenen Kleid mein Gesichtsfeld ein. Sie hatte Flügel: ein Engel. Erst Sekunden später bemerkte ich die vielen Menschen um sie herum.

Das Plakat war auf der Seite 67 des Geschichtsbuchs abgedruckt, das mir Natascha vor die Nase hielt. »Im Unterricht arbeite ich gerne mit Bildern«, sagte sie. »Viele Schüler haben Schwierigkeiten im Umgang mit Texten.«

Sie stürzte uns mitten in das Unterrichtsgeschehen. Es gab kein langes Gerede über den Historikerstreit,

Schulsysteme oder didaktische Theorien. Vielleicht spielt sie Schach, dachte ich. Wer den ersten Zug macht, hat die Nase vorn. Der Gegenüber kann zwar reagieren, jedoch nicht die Ausgangslage wiederherstellen. Natascha nutzte hemmungslos die Vorteile aus, die sie mir gegenüber besaß: ihre größere Redegewandtheit, ihre Praxiserfahrung und ihren Status als Mentorin. Es schien, als schwirrte ihr losgelöster Finger durch die stickige Luft des Lehrerzimmers: Hier geht's lang, ohne wenn und aber! Claro?

Ich stimmte ihr zu, und sie fühlte sich in ihren Ansichten bestätigt. Bis ich sie auflaufen ließ. Eiskalt. Mit einer Bewegung meines Kopfes, ruckartig nach links und wieder zurück: Nein! So nicht. Ich brachte meine Meinung vor, und siehe da, unsere Rollen vertauschten sich. Auf einmal war sie in der Defensive. Unwillkürlich verschob sie den Stuhl, rückte weg von mir.

Aber so leicht gab sie sich nicht geschlagen. Im Verlauf meines Angriffs besann sie sich ihrer Reserven. Als sie eine kleine Schwäche in meiner Argumentationskette entdeckte, holte sie aus. Sie traf mich. Ich taumelte.

Natascha gewann nach Punkten. Aber ich war nicht k.o. gegangen.

Fast jeden Tag betrat ich geschlagene zwanzig Minuten vor Beginn der ersten Unterrichtsstunde das Gebäude, in dem die Schüler alles lernen, was sie benötigten (später, im Leben). Außer der Schulleitung waren um diese Zeit meistens nur die Kollegen Bender und Meier anwesend. Herr Bender saß einfach nur da und genoss die Ruhe vor dem Sturm. Der konservative Kopf Dirk Meiers steckte hinter dem dicken Finanzteil einer Tageszeitung und studierte die Devisenkurse. Er spekulierte seit Jahren erfolgreich mit Dollar. Wenn die US-amerikanische Währung unter einen bestimmten Wert fiel, griff er zu. In Anlehnung an einen Fußballtrainer, den er bewunderte, nannte er seine Aktionen »kontrollierte Offensive«. Die Kontrolle bestand in der Geduld, mit dem Verkauf abzuwarten, bis sich durch Entscheidungen der Notenbanken, politischen Krisen oder anderen Umständen ein Gewinn erzielen ließ, und das Offensive bestand darin, das gesparte Geld nicht im Sparstrumpf aufzubewahren, sondern es »arbeiten« zu lassen.

Ich glaube nicht, dass die Kollegen bemerkten, dass ich jeden Morgen wie gebannt auf die Tür starrte und wartete. Auf Natascha.

Natascha überraschte mich jeden Tag, sie kramte in der Trickkiste. Daraus zauberte sie alles Mögliche hervor: ein Kleidungsstück, das mir noch nicht vertraut war; eine nonverbale Reaktion auf meine Begrüßung; der direkte Gang von ihrem Auto in den Unterricht; eine übertrieben heftige Umarmung eines Kollegen, der nach längerer, krankheitsbedingter Abwesenheit wieder in der Schule erschien ... Sie benahm sich wie ein schlechter Detektiv: auffällig unauffällig.

Ich bestand auf einer Galgenfrist. Bis zum Beginn des neuen Jahres wollte ich verschont bleiben, selbst vor eine Klasse zu treten. Natascha war enttäuscht. Das hatte sie nicht von mir erwartet. Erwin Brinkmann dagegen stimmte mir ohne Vorbehalte zu. Es sei schließlich mein gutes Recht, fand er. Nicht umsonst werde im »Leitfaden« ausdrücklich darauf hingewiesen, dass Referendare nicht sofort mit dem Unterrichten beginnen sollten. So verbrachte ich die Zeit bis zu den Weihnachtsferien in Klassenzimmern verschiedener Jahrgänge und beobachtete meine Mentoren und andere Lehrer bei der Arbeit. Sie besaßen alle das Können, historische Abläufe oder die Gesetzmäßigkeiten der englischen Sprache zu erklären.

Ob die Dompteure ihr Handwerk vollständig beherrschten, erwies sich jedoch erst, wenn ein junger Löwe fauchte. Wehe, das Rudel stimmte in den Chor ein und fuhr die Krallen aus! Mochten die Signalwörter zur Unterscheidung des Simple Past und Present Perfect in noch so grellen Farben an der Tafel leuchten, da mussten die verbale Peitsche geschwungen, oftmals Strafen angedroht werden, um die Meute zu zähmen!

Ich kam in solchen Situationen nicht umhin, an meinen Status als Referendar zu denken. Es würde meinen Unterrichtseinstieg kaum erleichtern, dass ich in der schulinternen Hierarchie irgendwo zwischen Hausmeister und Schwangerschaftsvertretung angesiedelt war. Ich wusste nur, dass ich mit allem rechnen musste. Auch bei ihr.

Natascha forcierte die Geschwindigkeit der rollenden Lawine, als sie ein Treffen außerhalb des neutralen, sicheren Bodens der Schule vorschlug. Bei ihr zuhause also würde es passieren.

Nataschas Wohnung liegt inmitten einer Pädagogenhochburg. Die in der Stadtteilversammlung dominierende Fraktion der ökologisch angehauchten Yuppies vertritt ihr Klientel zuverlässig: alle hundert Meter die Haltestelle eines öffentlichen Verkehrsmittels, breite Fahrradwege, viel Grün und keine industriellen Betriebe, die das herstellen, was sogar die Gutmenschen kaufen.

Natascha zeigte mir zunächst nur einen Teil ihrer Welt: das Arbeitszimmer. Auf den ersten Blick war es ausschließlich nach funktionalen Gesichtspunkten eingerichtet: ein Schreib- und ein Computertisch, mehrere prall gefüllte Regale und ein Lesesessel. Nirgendwo ein Bild. Erst recht kein Foto. Beinahe hätte ich sie gefragt: Wo bist du denn, Natascha? Doch als sie die Tür schloss, um die kühle Luft aus dem Flur davon abzuhalten, weiterhin in den Raum einzudringen, entdeckte ich etwas, das meinen forschenden Augen bisher entgangen war: Auf dem Boden lag eine Klarinette.

»Der Ständer ist im Wohnzimmer«, sagte sie.

Sonderbar, dass sie das silbern-schwarze Instrument dort hingelegt hatte. Es einfach auf den Boden zu platzieren, wo es getreten werden konnte – von mir beispielsweise, ohne Absicht natürlich, weil ich die hellen, sanften Töne mag, die es von sich gibt. War sie mit ihren Gedanken ausschließlich bei mir gewesen? Hatte sie es achtlos weggelegt, nachdem ich auf ihre Klingel gedrückt und damit ihre Bedenken zerstreut hatte, dass ich es mir anders überlege, nicht bei ihr erscheine, ihr brutal und unmissverständlich zeige, dass ich sie nicht begehre? Nicht so sehr jedenfalls, dass ich das Wagnis eingehen möchte, mit all den Komplikationen, die unser berufliches Verhältnis, der kleine, aber vorhandene Altersunterschied und verschiedene Interessen zwangsläufig nach sich ziehen. War ihr all das durch den Kopf gegangen?

Ich hob die Klarinette auf, sie war kalt. Natascha hatte nicht gespielt.

Aber nun nahm sie sie mir aus der Hand, ganz ruhig, ohne jede Verlegenheit. Sie deutete auf den Lesesessel, ich gehorchte. Sorgfältig führte sie das Instrument an den Mund.

Während sie spielte, machte sie keine ausladenden Bewegungen, sie stand einfach da und spielte. Anfangs rührte sich nichts in mir. Ich registrierte nur die beiden Welten, die da auf wenigen Quadratmetern aufeinandertrafen: in den Regalen die vielen leblosen Bücher, mit deren Hilfe Natascha ihren Lebensunterhalt bestritt. Und daneben die Klänge, die sie aus ihrem Instrument hervorzauberte und die sie, soweit ich es beurteilen konnte, mehr als von den Komponisten der Stücke beabsichtigt variierte.

Dann tauchten in mir bruchstückhafte Erinnerungen an Spannungen auf, die sie scheinbar mit ihrem Spiel aufnahm und wieder auflöste. Das Bild, das ich auf Edelholz gemalt hatte, erfuhr eine süße Bestätigung.

»Du meine Güte!«, sagte sie plötzlich inmitten dieses zeitlosen Augenblicks, »jetzt aber los!«

Sie wurde wieder ganz pragmatisch, und ich hatte eine Bruchlandung in der Realität. Wir gingen hinüber in die Küche und für den Rest des Abends beschäftigten wir uns mit der Planung eines Museumsbesuchs ihrer Klasse. Das dauerte zwar länger als die Darbietung ihrer musikalischen Fähigkeiten, aber wesentlich kürzer, als ich brauchen würde, um mit meiner Fehleinschätzung ihrer Gefühle mir gegenüber fertig zu werden.

Völlig aus dem Weg gehen konnte ich Natascha nicht, wir arbeiteten ja schließlich zusammen. Professionell aufmerksam hörte ich ihren Erklärungen zu: warum sie einem faulen Schüler mit Strenge, dem anderen mit Nachsicht begegnet war; wie sie innerhalb der kurzen Zeit, die zur Verfügung stand, die im Lehrplan festgelegten Themen im Unterricht behandeln wolle. Ich stellte Fragen oder legte meine Auffassung dar. Welche Bedeutung der Besuch bei ihr für mich hatte, verschwieg ich.

Einen Vorteil hatte die Situation wenigstens: Sie war eindeutig. Die Mentorin Natascha Hoppe fand den Lehramtsreferendar Michael Broll recht sympathisch. Sie duzte ihn. Sie lud ihn in ihre Wohnung ein. Sie spielte ihm etwas vor. Keine Liebe, sondern Lieder.

Eigentlich hatte ich es gut getroffen. In ruhigen Stunden führte ich mir das immer wieder vor Augen. Schließlich hätte ich auf ganz andere Vorgesetzte treffen können, die mir zwar in freundlichem Tonfall, aber unmissverständlich mitgeteilt hätten, wie der Unterricht in ihren Klassen vonstatten gehen musste. Ich wäre nur ausführendes Organ gewesen, kein ernstzunehmender Diskussionspartner.

Früher oder später würde ich Natascha zu schätzen wissen, als Mentorin, nicht mehr und nicht weniger. Dachte ich. Bis der Brief kam.

Es war an einem Samstagmorgen. Ich schlief lange, stand dann auf, stellte das Radio an, kochte mir einen Kaffee und legte mich wieder ins Bett. Um kurz vor zwölf zog ich mich an, ging zum Bäcker und kaufte Brötchen.

Beim Verlassen des Hauses hatte ich übersehen, dass außer der abonnierten Tageszeitung noch zwei Briefe im Briefkasten lagen. Erst auf dem Rückweg bemerkte ich sie, vermutlich Rechnungen oder Werbesendungen. Bei dem ersten Brief stimmte es: Er war von einer Lotteriegesellschaft. Die Adresse auf dem zweiten war von Hand geschrieben: von ihr. Ich erstarrte, aber in meinem Kopf ratterte es los. Bestimmt irgendeine Belanglosigkeit, redete ich mir ein. Natascha hat keine Lust, meine Stimme auch am Wochenende zu hören. Darum bittet sie mich schriftlich, eine Videokassette, über die wir gesprochen hatten, am Montag in die Schule mitzubringen.

Erst nach dem Frühstück öffnete ich den dunkelgrünen Briefumschlag. Zwei Blatt Papier waren darin, zu viel für eine kleine Bitte.

Lieber Michael,
ich muss Dir schreiben, weil es nicht mehr weitergehen kann wie bisher. Wir sehen uns fast jeden Tag, reden miteinander – wenn auch »nur« über schulische

Belange – und allem Anschein nach ist alles in Ordnung. Du bist freundlich, ich bin es ... Kurzum, es gibt keine Probleme. Besser gesagt, es sollte keine geben. Aber es gibt sie doch.

Nach meinem Empfinden ist das Band zwischen uns viel enger gespannt als jenes, das zwischen Mentoren und Referendaren normalerweise besteht. Natürlich bin ich prinzipiell dafür, dass wir uns Respekt – im positiven Sinn – entgegenbringen, dass wir uns nicht ausschließlich in den ungemütlichen Räumen in der Schule unterhalten, uns bei mir treffen, meinetwegen auch mal ein Glas Wein in einer Kneipe trinken usw. Eigentlich habe ich es gern, wenn es etwas persönlich zugeht. Aber inzwischen ist der Rahmen gesprengt.

Ach, was soll ich drumherumreden! Du weißt doch, was los ist. Ich habe mich in Dich verliebt. Schon als ich Dich auf dem Schulhof sah, wusste ich, was passieren würde ... Ich hätte reagieren müssen. Die Gelegenheit war vorhanden. Mein Gesicht hätte ich wahren können. Schließlich hat Erwin die Bedenkzeit vorgeschlagen, nicht ich. Es hätte keiner langen Erklärung bedurft.

Es war so unangenehm, was in den letzten Wochen gelaufen ist. Ich verhalte mich in Deiner Anwesenheit nicht so, wie ich es möchte. Du lähmst mich, ich selbst zu sein. (Das ist kein Vorwurf, sondern eine Beschreibung dessen, was Du bewirkst – unbeabsichtigt, versteht sich.) Anstatt die Reißleine zu ziehen, begebe ich mich immer weiter in den Strudel. Ich bin sicher, er wird mich in den Abgrund reißen, wenn ich nichts unternehme.

Dieser Brief ist der Versuch, einen Anfang zu machen. Einen Anfang zu einer Veränderung, die Dich mehr betrifft als mich. Ich überlege, ob es nicht besser wäre, einen anderen Mentor für Dich an der Schule zu finden. In meinem Egoismus, der allerdings in dieser Situation notwendig ist, ziehe ich sogar in Erwägung, Dich zu bitten, die Schule zu wechseln. Auf jeden Fall muss etwas geschehen. Vielleicht hast Du eine Lösung, mit der wir beide leben können?

Wenn ich schon mal dabei bin, Dir die Wahrheit zu schreiben: Ich habe manchmal den Eindruck, auch Deine Gefühle reichen über Sympathie hinaus. Was ist mit Dir, Michael? Ich würde es furchtbar gern erfahren.

Natascha

P.S. Ich bin am Wochenende zuhause.

Der Brief glitt mir aus den Händen. Mechanisch griff ich nach dem Tabak. Aus den wenigen, noch vorhandenen Krümeln drehte ich eine unförmige Zigarette, die ich zwischen meine trockenen Lippen schob. Mit dem rechten Daumen brachte ich das Gas des Feuerzeugs zur Explosion, die emporschießende Flamme hielt ich nahe an die untere Gesichtshälfte. Ich inhalierte tief und blies den Rauch in Richtung des auf dem Frühstücksteller liegenden Briefes.

Nur mit größter Anstrengung konnte ich ruhig bleiben, ich hätte vor Wut platzen können. Wochenlang hatte mich Natascha mit ihrem Verhalten gequält. Und als der Moment nicht günstiger hätte sein können, in ihrer Wohnung, als die Zeichen auf Sturm gestanden hatten – Sturm der Liebe, nicht der Entrüstung – da hatte sie mich, mein ganzes Wesen abgelehnt wie einen Anrufer aus dem Callcenter, der ihr am Telefon irgendwelchen Nepp andrehen wollte. Diese Niederlage hatte meiner Selbstachtung derart zugesetzt, dass ich mich Tag für Tag tief in meiner Höhle verschanzen musste, um Kraft zu tanken für die unvermeidlichen Begegnungen mit ihr. Meine Rekonvaleszenz hatte gerade erst den Punkt erreicht, an dem ich mich wieder unter Menschen traute, ohne zu fürchten, dass sie mir Tritte verpassten. Aber nun warf mich dieser Brief in einen Zustand zurück, den ich überwunden zu haben glaubte.

Sie wollte mich wegschicken. Kein Geschichtslehrer an unserer Schule würde sich bereiterklären, an ihrer Stelle mein Mentor zu werden. Jeder würde sich zu Recht fragen, warum Natascha ihre Aufgabe nicht zu Ende bringen wollte. Es war zweifelhaft, ob sie darauf eine befriedigende Antwort geben könnte. Damit blieb nur die Möglichkeit, mich an einer anderen Schule zu bewerben.

Es sei denn … Ich las den Brief ein zweites Mal. Langsamer. Genauer.

Ich bin nicht besonders nachtragend. Aber 24 Stunden wollte ich sie büßen lassen, bevor ich zu ihr raste.

An diesem Samstag hatte ich endlich wieder gute Laune. Den ganzen Nachmittag hörte ich Musik und las, ohne ständig zwischen den Zeilen einen Bezug zu meinem eigenen Leben zu sehen. Ich schaltete die

Sportschau ein und durfte mit Genugtuung verfolgen, wie mein Lieblingsverein gewann! Nun brauchte ich etwas Bewegung und machte trotz des Nieselregens einen langen Spaziergang. Von der vielen frischen Luft bekam ich Hunger und kochte mir eine Riesenportion Spaghetti. Während ich sie aß, lief erneut der Fernseher, irgendeine Samstagabendshow. Der Talkmaster ging mir heute fast gar nicht auf die Nerven, und auch dass er seine Sendung überzog, störte mich heute auch nicht. Ich freute mich auf »Das aktuelle Sportstudio«, in dem der Torwart meiner Mannschaft zu Gast sein würde.

Spätabends fuhr ich zu Schusters Halle, ich wollte noch etwas Tapetenwechsel für heute. Der Laden war schon gut gefüllt, ich drängelte mich zur Theke vor und bestellte ein Bier. Die junge Frau hinter der Theke zapfte es so eilig, dass der Bierschaum noch über den Rand des Glases quoll, als ich es längst in der Hand hielt.

»Nicht ärgern!«, rief jemand, dem offensichtlich meine Abneigung gegen klebrige Finger bekannt war. Überrascht sah ich zur Seite und bemerkte Constanze. Sie saß auf einem der schweren Hocker und prostete mir lachend zu.

»Was machst du denn hier?«, fragte ich verdutzt. Weil es so voll war, hatte ich sie beim Reinkommen gar nicht gesehen.

»Ich hatte Lust, dieses Wochenende in Deutschland zu verbringen«, erklärte Constanze. Sie lebte seit ein paar Monaten in Barcelona, wo sie schwarz in einer Boutique arbeitete.

»Bist du vor dem Weihnachtsstress geflüchtet?« Ich wollte wissen, ob sie von ihrem Freund genervt war. Im Prinzip konnte es mir ja egal sein, dass wir mal etwas miteinander hatten, war schon Ewigkeiten her.

»Nein, es hat damit nichts zu tun. Momentan ist es sogar ganz lustig bei der Arbeit. Die vielen Männer, die ihren Frauen ein schönes Kleid schenken wollen – die haben echt null Ahnung. Ich kann denen sonst was erzählen. ›Dieser Schnitt ist der letzte Schrei. Ihre Gattin wird begeistert sein …‹.«

»Schon zücken sie ihre Kreditkarte und ihr seid einen Ladenhüter los.«

»So ähnlich.« Constanze grinste.

Ich nahm an, dass sie etwas übertrieb. Das machte mir aber nichts aus, genau so wenig wie früher.

»Was stellst du an?«

»Ich bin wieder in der Schule«, sagte ich. »Dieses Mal auf der anderen Seite.«

»Was! Du bist Lehrer?

»Ja. Das heißt, ich werde es.«

Constanze schüttelte langsam den Kopf. »Ich fasse es nicht. Der Rabauke hat sich in einen Pädagogen verwandelt! Ich kann mir kaum vorstellen, wie du die Schüler aufforderst, die Klappe zu halten und aufzupassen.«

»Meine Feuertaufe kommt erst im Januar. Bis dahin lerne ich noch, wie man es macht. Meistens sitze ich nur da und beobachte das Ganze.«

»Das haben wir doch 13 Jahre am eigenen Leib erfahren«, wandte sie ein.

»Ich habe auch gedacht, dass es einfach ist. Leider stimmt das nicht. Der Aufbau einer Stunde, die Stoffverteilung ...« Den wichtigsten Aspekt meines Referendariats erwähnte ich allerdings nicht. Wer weiß, was heute Abend noch passieren würde? Warum sollte ich Constanze voreilig auf Abstand halten? Sie sah immer noch sehr klasse aus, nur das Gesicht war etwas runder geworden.

Streng genommen würde ich Natascha ja nicht betrügen, wenn ich mit Constanze ...

Sie zog an meinem Hemd. »Komm!«, sagte sie.

Wir waren schnell nass geschwitzt. Aber wir tanzten weiter, bis die grellen Neonlampen angeschaltet wurden, um die wenigen noch verbliebenen Gäste von der Tanzfläche zu vertreiben.

Draußen war es kühl. Im stillen Einverständnis gingen wir zu meinem Auto. Ich schloss die Beifahrertür auf und sie stieg ein.

Beim Frühstück dachte ich daran, dass ich noch nie an einem einzigen Wochenende mit zwei Frauen zusammen gewesen war. Denn so würde es kommen. Constanze hatte bereits angedeutet, dass sie den Tag bei ihren Eltern verbringen wollte, und abends ging ihr Flug zurück nach Barcelona. Damit waren Komplikationen ausgeschlossen. Ich konnte zu Natascha fahren.

»Schade«, sagte ich beim Abschied mit bedauerndem Tonfall und drückte ihr einen Kuss auf die Wange.

»Meine Eltern wollen auch noch etwas von mir haben. Und für mich ist es längst kein Pflichtbesuch mehr, die alten Streitigkeiten sind vergessen. Lass' es dir gut gehen!«

Es gab keinen Grund, ein schlechtes Gewissen zu haben. Nicht ich war in Barcelona, sondern Constanze hier aufgetaucht. Für die Stimmung, in der ich sie angetroffen hatte, konnte ich nichts. Alles weitere hatte sich ergeben.

Trotzdem war ich vorsichtig. Ich duschte ausgiebig. Alle Spuren von Constanze mussten von meinem Körper verschwinden: einzelne rote Haare, der Film ihres Lippenstiftes und natürlich ihr Geruch. Es wäre zu unangenehm, wenn Natascha etwas entdeckte.

Ich machte einen Umweg über den Hauptbahnhof. Die Verkäuferin in dem Blumengeschäft musterte mich neugierig. Dann zeigte sie auf einen Strauß gelber Tulpen. Ich war etwas beleidigt. »Ich fahre nicht zu meiner Schwiegermutter.«

»Ach so«, sagte sie verlegen.

Ich betrachtete die kümmerlichen roten Rosen. »Haben Sie keine anderen?«

»Doch, doch.« Sie ging ins Nebenzimmer, kehrte mit fünf prachtvollen Exemplaren zurück und nannte einen überraschend hohen Preis. Ich betrieb wirklich einen hohen Aufwand.

Fast wäre er umsonst gewesen. Natascha reagierte auf mein mehrmaliges Klingeln nicht. Seufzend ließ ich mich auf den Eingangsstufen nieder. Ist ja logisch, dachte ich. Natascha hat gestern mit meinem Erscheinen gerechnet. Warum musste ich auch solche Spielchen spielen, anstatt die Chance sofort beim Schopf zu ergreifen?

Ich gab ihr noch eine Zigarettenlänge. Dann stand ich auf und klopfte den Staub von der Hose.

Zum Glück behielt ich die Nerven. Jeder Mensch in meiner Situation würde sich wieder zu seinem Wagen begeben und nach Hause fahren. Ich hingegen tat, was schon eine Weile überfällig war: Ich öffnete die Motorhaube meines Wagens und prüfte den Ölstand. Schließlich fahre ich täglich etliche Kilometer zwischen meiner Wohnung und der Schule hin und zurück, und zu Natascha ist es auch nicht gerade ein Katzensprung.

Ein Kolbenfresser war noch nicht in Sicht; es war noch genug Öl vorhanden. Dennoch füllte ich einen Viertelliter nach. Ich stopfte den Deckel auf den Öltank und wischte mir die leicht verschmierten Hände mit einem alten Lappen ab. Die Motorhaube ließ ich sanft fallen, sodass sie ohne größeren Lärm einrastete.

Natascha war tot. So tot, wie ein Mensch nur sein kann, wenn er sich in einem für den Autofahrer nicht einsehbaren Winkel befindet, und dieser es gewohnt ist, in hoher Geschwindigkeit rückwärts aus einem Parkplatz zu stoßen.

»Halt!«, schrie sie.

Ich bremste. Der Wagen kam augenblicklich zum Stillstand.

Natascha kam schnell auf mich zu. »Willst du mich umbringen?«, fragte sie wütend.

»Natürlich nicht«, sagte ich beschwichtigend. »Ich habe in den Rückspiegel gesehen, aber ...«

»Ach scheiße, Rückspiegel! Bist du zu faul, dich umzudrehen? Du hast mir vielleicht einen Schrecken eingejagt!« Sie sah mich wütend an. Dann entdeckte sie die Blumen.

Ich parkte das Auto wieder ein.

Als wir in ihrer Wohnung waren, fielen wir nicht sofort übereinander her. Wir benahmen uns zunächst wie ein vertrautes Paar. Natascha setzte Teewasser auf, und ich brachte das Geschirr ins Wohnzimmer, nachdem ich mir die Hände gewaschen hatte. Ich tat einen Löffel Kandiszucker in ihre Tasse.

Natascha kam mit einer Kanne Darjeeling herein »Gibt's heute Tatort?« fragte sie.

Ich sah in der Fernsehzeitschrift nach. »Ja.« »Aus Köln«, fügte ich hinzu.

»Ist doch okay«, meinte sie.

Als wir die Tassen geleert hatten, griff ich nach der Kanne und schenkte nach, obwohl ich gar keinen Durst hatte. Ich wollte Zeit gewinnen. Inzwischen war mir siedend heiß. Ich konnte die Gedanken an die vergangene Nacht einfach nicht vertreiben. An die aufgestaute Energie, die sich bei Constanze entladen hatte, und nicht bei Natascha. Sie saß mir gegenüber und wartete offensichtlich darauf, dass ich aktiv wurde. Es war müßig zu überlegen, wer den ersten Schritt gemacht hatte. Den entscheidenden jedoch, das musste ich mir eingestehen, hatte sie unternommen. Mit dem Brief, der mich am vorherigen Tag erreicht hatte. Nun war ich an der Reihe.

Dann spielte ich im Kopf einen Gedanken durch: Was, wenn ich ihr erzählte, dass ich am Freitag zu einem ehemaligen Kommilitonen nach Bochum und von dort auf direktem Weg zu ihr gefahren war? Sie müsste glauben, ich hätte den Brief noch gar nicht gelesen. Aber wie sollte ich die Blumen erklären? Ich hätte sagen können: »Mitten auf der Autobahn, Natascha, als ich gerade durch eine Baustelle fuhr, habe ich mit den Fäusten aufs Lenkrad getrommelt. Ich hatte diesen ungewissen Zustand satt. Ich fasste einen Entschluss: Jetzt oder nie. So ist die Lage, Natascha.«

Nein, das wäre zu viel. Sie erst zappeln lassen und dann noch belügen. Abgesehen von der Sache mit Constanze, die ich ihr natürlich nicht erzählen würde.

Die Kanne war leer. Keiner von uns sagte etwas. Nataschas Hände ruhten auf dem Tisch. Ich schätzte die Entfernung ab und stellte fest, dass ich sie erreichen würde, wenn ich meinen Oberkörper vorbeugte und die Arme ausstreckte.

Sie stand auf und brachte das Geschirr in die Küche. Ich folgte ihr und sah in der Spüle Stapel von dreckigem Geschirr, von Besteck, Töpfen und Pfannen. Sie hatte in dieser Hinsicht offenbar eine vollkommen andere Lebensauffassung als ich. Was soll's, dachte ich, krempelte die Ärmel hoch und drehte den Warmwasserhahn auf. Das Wasser aus dem Hahn dampfte gefährlich, also ließ ich kaltes Wasser hinzufließen, um mich nicht zu verbrennen. Natascha hielt mich nicht auf, wortlos verschwand sie in Richtung Wohnzimmer. Ich spülte und wischte und kratzte und räumte. Erst nachdem ich die Relikte sämtlicher vergangener Mahlzeiten beseitigt hatte, kehrte ich ins Wohnzimmer zurück.

Es ist nicht meine Art, über eine Frau wie ein wildes Tier herzufallen. Ich fixierte sie mit den Augen und ging auf sie zu – langsam, aber ohne Zweifel an meiner Absicht zu lassen. –

Stunden später blickte sie auf die Uhr. »Kurz nach acht«, sagte sie. »Was meinst du?«

Ich löste mich von ihr und ging wieder in die Küche, um dort noch ein paar belegte Brote zu machen. Wir wollten ja nicht die kriminalistischen Künste der rheinischen Kommissare mit leerem Magen bewundern.

Anfangs störte es mich nicht, dass Natascha nur einen kleinen Fernseher besaß. Aber dann fielen mir die Fußballspiele ein. Bei so einem kleinen Bildschirm kann man ja kaum etwas erkennen, man sieht gar nicht, wo der Ball gerade ist. Wie konnte ich Natascha dazu bringen, sich einen größeren Fernseher zuzulegen? Am Wochenende war Bundesliga, dazu der Europapokal ... Natürlich konnten wir uns auch in meiner Wohnung aufhalten. Aber meine Wohnung ist nicht so ideal für zwei Leute geeignet, es fehlt an Rückzugsmöglichkeiten, die ja bei aller Liebe auch vorhanden sein müssen. Also hatte Natascha die Wahl: sich einen größeren Fernseher anschaffen, zum Fußballgucken zu mir kommen oder die Trennung – selbstverständlich nur für die Dauer einer Partie.

Mir schwante, dass Natascha die Vorschläge missverstehen würde. Irgendwo hörte ich Wörter wie Chauvinist oder Egoist, und verschob mein Anliegen auf einen späteren Zeitpunkt.

Wir sprachen an diesem Abend sehr wenig, im Nachhinein wundert mich das etwas. Sie fragte mich zum Beispiel nicht nach meinen früheren Beziehungen. War für sie unser Weg schon klar, bevor wir hier gelandet sind? Weibliche Intuition hin oder her, sie kann doch nicht sicher gewesen sein, hundertprozentig überzeugt, dass die Dinge ihren Lauf nahmen, sozusagen von selbst, ohne dass wir sie entscheidend beeinflussen können. Schließlich sind wir in erster Linie Subjekte und nur selten Opfer.

Viel zu nah an meinem Kopf schrillten die Alarmglockenhoch. Natascha griff neben den Futon und beendete das Spektakel.

»Mit dem Wecker kann man ja Tote aufwecken«, sagte ich.

»Mein alter Wecker war zu leise, da bin ich ein paar Mal zu spät gekommen«, erklärte sie.

Sie hat einen tiefen Schlaf, dachte ich und war erleichtert. Sie hört es nicht, wenn ich laut träume.

Ich fing an, sie zu liebkosen.

»Wir haben keine Zeit«, sagte sie.

»Doch!«, erwiderte ich. »Wir gehen zum Arzt und lassen uns krankschreiben. Amouröser Infekt.«

Sie küsste mich auf die Stirn. »Ich habe für heute zwei Klassenarbeiten angesetzt. Es wäre schwer, so kurz vor den Weihnachtsferien neue Termine zu finden.«

»Dann werden die Arbeiten eben nächstes Jahr geschrieben.« Ich blieb hartnäckig.

»Und die Korrekturen? Im Januar stehen viele Konferenzen an. Nein, nein. Ich will das lieber jetzt hinter mich bringen.«

Wir fuhren getrennt zur Schule. Auf das Gerede, das einsetzen würde, wenn wir zusammen im selben Auto zur Schule kämen, hatten wir beide keine Lust.

Leider hatte ich es an der Schule nicht nur mit Natascha, sondern auch mit meinem anderen Mentor zu tun. Erwin Brinkmann forderte vor Beginn der ersten Stunde in seiner zugleich höflichen wie energischen Art sein Recht. Es sei an der Zeit, fand er, ein Gespräch über den Englischunterricht zu führen, den ich bald in seiner Klasse geben würde. Der Lehrplan sei mir ja inzwischen bekannt, wie er annehme. Ebenso das Verhalten der Schüler. Er erwarte, dass ich demnächst ein Konzept verfasse, das ich ihm vorstelle, damit er falls nötig seine Einwände erheben könnte. Ich möge ihn bitte nicht missverstehen, aber er stehe in der Verantwortung. Zumindest bis zum Beginn des neuen Schuljahres im Sommer. Dann – so schreibe es der »Leitfaden« für Referendare ausdrücklich vor – müsse ich mich alleine bei Eltern und den Vertretern der Schulbehörden für mein pädagogischen Tun und Lassen rechtfertigen. Bis dahin jedoch ...

Mein Verständnis war nicht geheuchelt. »An Ihrer Stelle würde ich ebenso handeln«, sagte ich.

»Fassen Sie das bitte nicht als Kontrolle auf, wenn Sie mir Ihre Ideen mitteilen sollen«, ergänzte Erwin Brinkmann. »Im Gegenteil: Ich gebe Ihnen eine Chance, eine Hilfe, Fehler zu vermeiden, Sie sind ja noch sehr unerfahren.« Er sah in seinen Kalender und schlug den folgenden Donnerstag vor.

Bisher hatte ich noch nichts ausgearbeitet. Aber ich machte mir keine Sorgen, Natascha würde mir helfen.

Bis um zwei Uhr nachmittags waren wir getrennt. Natascha konnte schon nach der vierten Stunde der

Schule den Rücken kehren, ich dagegen musste mich noch eine weitere Unterrichtsstunde gedulden. Ebenso gelangweilt wie das Gros der Schüler saß ich auf meinem Beobachtungsposten in der letzten Reihe und wartete auf das Ende. Die Zeit wollte einfach nicht vergehen. Beinahe hätte ich mich an der schriftlichen Bearbeitung der gestellten Aufgaben beteiligt. Ich hatte schon meinen Schreibblock auf der Tasche gezogen und die Kappe des Kugelschreibers entfernt, ehe mir bewusst wurde, was ich da eigentlich vorhatte.

Ich schrieb trotzdem ein paar Wörter: die Zutaten für einen Insalata Mista all'Italiana, die ich dann auf dem Weg zu Natascha einkaufen wollte.

Ihre Wohnungstür war nur angelehnt, leise ließ ich sie hinter mir ins Schloss fallen. Im Flur, in der Küche und im Wohnzimmer war niemand zu sehen. Aber in der halb geöffneten Schlafzimmertür lag der Bademantel, den sie heute Morgen getragen hatte. Als ich die Tür ganz aufschob und sie ansah, vergaß ich sofort meinen Appetit auf einen gemischten italienischen Salat.

—

Meine Kreuz-Dame ist eine Ansage, ein Signal an alle Beteiligten. Beate legt einen Karo-König darauf. Ich kann aus ihrer Reaktion nicht erschließen, ob sie mit mir oder gegen mich spielt.

Natascha bedient mit einer Karo-Zehn. Das Zeichen, das sie damit sendet, ist eindeutig: Der Stich gehört nicht nur mir. Er gehört uns. Uns beiden. Ich bin erleichtert.

Den nächsten Stich eröffne ich mit einem Pik König. Damit rauszukommen, ist ein bisschen riskant. Drei Pik sind aus dem Spiel, eins habe ich noch auf der Hand, irgendjemand hat also noch ein Ass, das jetzt fallen muss. Ich hoffe nicht, dass es ausgerechnet bei Natascha, meiner Partnerin ist. Das wäre bitter, denn das wären viele Punkte für die Gegenpartei.

Ein Glück, es ist Beate, die mit dem Pik-Ass bedienen muss. Jetzt kommt es darauf an, dass Natascha den richtigen Trumpf spielt. Es muss auf jeden Fall ein hoher Trumpf sein, damit wir eine Chance haben, den Stich nach Hause zu bringen. Den höchsten jedoch darf sie nicht opfern, weil noch wichtige Karten ausstehen, die wir erobern müssen. Genau! Natascha macht es perfekt und wirft die Pik Dame in die Schlacht.

Leonids Herz-König gibt keinen klaren Aufschluss darüber, ob er den Stich nicht nehmen wollte oder ob er es nicht konnte. Seinem Gesichtsausdruck sieht man ebenfalls nichts an, Pokerface.

Natascha setzt die Partie mit einem Kreuz-Ass fort. Leonid muss bedienen und wirft den Kreuz-König. Ich habe aufgepasst und weiß daher, dass Beate kein Kreuz mehr haben kann. Ebenso wie ich hat sie die Qual der Wahl. Sie wird ihr allerdings leichter fallen als mir, sie kommt erst nach mir an die Reihe. Ich zücke die Karo Dame – keine scharfe Waffe, aber die schärfste, die mir im Moment zur Verfügung steht.

Natascha stöhnt auf. »Das reicht doch nie und nimmer!«, sagt sie vorwurfsvoll in meine Richtung.

»Wirklich?«, frage ich spöttisch zurück. Sie versteht und hält den Mund.

Beate lächelt. Sie zieht den Stich zu sich, legt eine Herz Dame darauf und dreht die Karten um.

In ihrem Übermut begeht sie dann jedoch einen Kardinalfehler, als sie den neuen Stich mit einem Karo-Ass eröffnet. Denn sie kann nicht wissen, ob Leonid diese überaus wichtige Karte sichern kann.

Es kommt auf Natascha an. Sie kann Leonid Paroli bieten, nicht ich. Sie zögert etwas. Nun mach' schon, denke ich, du hast doch gerade kapiert, dass ich nichts mehr auf der Hand habe.

Die Kreuz-Dame Nataschas erfüllt einen doppelten Zweck: Sie stellt ein für allemal klar, dass wir in diesem Match ein Paar sind, und sie fordert Leonid heraus. Das Pokerface muss sich demaskieren.

Leonid entblößt sich. Er stellt eine Herz-Zehn zur Schau. Mein Beitrag besteht in einem Kreuz-Buben. In anderen Spielzusammenhängen könnte ich mit dieser Karte groß auftrumpfen, aber hier ist er einfach nur das kleinste Übel.

Auch nach der nächsten Karte Leonids, einem Karo-Buben, übernehme ich nicht. Mein Karo-Ass löst erneut einen Zweikampf aus, dieses Mal zwischen Beate und Natascha.

Natascha geht als Siegerin hervor. Ihre Herz-Zehn schlägt die Herz–Dame von Beate um Längen.

Dann spielt Natascha ein Herz-Ass, Leonid setzt einen Trumpf darauf. Leider habe ich auch ein Herz. Es ist völlig gleichgültig, was Beate macht – der Stich bleibt bei ihnen. Beate verhält sich passiv, sie spielt die gleiche Karte wie Leonid und überlässt ihm damit die Initiative. Leonid übernimmt gern diese Rolle und kommt mit einer Pik-Dame raus. Wir anderen Spieler können nur noch bedienen.

Aber nun, der letzte Stich: Ausgerechnet Beate zaubert noch einen Kreuz-Buben auf den Tisch, niemand kann sie jetzt noch übertrumpfen: Letzter Stich mit Karlchen – zu allem Überfluss noch ein Extrapunkt für Leonid und Beate.

Natascha und ich haben haushoch verloren. »Unsere Partnerschaft stand wohl unter keinem guten Stern«, sagt sie.

Trumpfarmut

Jetzt ist es so weit, ich muss eine Zigarette rauchen. Ich drängele mich an Beates Rücken vorbei und gehe in den Flur zur Garderobe. Der Tabak ist in meiner linken Jackentasche, darunter ertaste ich die wartende Pistole.

Erst auf dem Balkon fange ich an, die Zigarette zu drehen. Natascha mag es nicht, wenn die überschüssigen Tabakkrümel auf ihren Fußboden fallen.

Während ich den Rauch in tiefen Zügen einatme, schaue ich auf die Dächer der umliegenden Häuser. Wie an einer Perlenschnur aufgereiht sitzen dort schwarze Vögel.

»Wollen wir weiterspielen?« Nataschas ungeduldige Stimme dringt nach draußen. Ich trete auf die Zigarettenkippe, bis ich ganz sicher bin, dass kein Fünkchen Glut mehr brennt.

In der Küche erfülle ich meine Pflicht: Ich mische die Karten.

Die Unterbrechung hat offenbar Beates Konzentration geschadet. Statt eines Pik- oder Kreuz-Asses spielt sie als erste Karte einen kleinen Trumpf.

Natascha zieht kopfschüttelnd einen Buben. Leonid zeigt mit einer Pik-Dame sein Interesse, den ersten Stich zu landen. Aber ich fahre ihm in die Parade. Meine Kreuz-Dame wiegt mehr.

Die beiden folgenden Stiche laufen gut für mich. Beide Farben, die ich ausspiele, werden von allen anstandslos bedient. Nach nur drei Stichen habe ich schon über die Hälfte der nötigen Punkte. Mein Mitspieler kann sich glücklich schätzen.

—

Am späten Nachmittag knurrte mein Magen wieder. Natascha sagte, dass sie noch zwei Rouladen im Tiefkühlfach habe. Wir zogen uns an.

Sie machte einen zufriedenen Eindruck, als ich den Salat zubereitete. Ich glaube, sie war froh, sich keinen Pascha geangelt zu haben, der sich das Essen servieren ließ. Auch ich war glücklich. In einem Haushalt in dieser Gegend gab es Fleisch und geschälten Reis, nichts Vegetarisches und keinen Vollkornreis. O Wunder! Insgeheim wartete ich darauf, welche Überraschungen folgen würden.

Die erste erlebte ich noch am selben Tag. Ich wollte gern den Luxus ausnutzen, den Nataschas Wohnung gegenüber meiner hatte. Natascha hatte nichts dagegen, und so nahm ich ein Bad.

Gedankenverloren ließ ich meinen Blick durch das Badezimmer schweifen. Und auf einmal war das seit Stunden anhaltende Wonnegefühl weg. Irgendetwas stimmte nicht. Ich sah mich erneut um. Da bemerkte ich es. Es war der Standort einer dunkelblauen Dose. Sie befand sich nicht auf der gläsernen Ablage oberhalb des Waschbeckens, auf der die anderen Cremes standen. Sie lag auf einer kleinen Kommode, neben einer emaillierten Schale mit Schmuckstücken.

Es musste sich um eine Nachlässigkeit von Natascha handeln. Sie war vermutlich in Eile gewesen und hatte die Dose an einen anderen als den üblichen Platz gestellt. Mein Unbehagen verschwand für einen Moment. Aber dann kehrte es sofort zurück. Warum, fragte ich mich, sollte Natascha die Dose überhaupt von der Ablage wegnehmen? Der normale Ablauf wäre doch gewesen, dass sie ausschließlich den Deckel abgenommen und die Hände eingecremt hätte. Es gab nur eine logische Erklärung: In der Dose war keine Creme.

Das wollte ich mir ansehen. Ich breitete ein großes Handtuch auf den Fliesen aus und stieg aus der Badewanne. Als mir die Brosche entgegenfunkelte, rann außer dem Wasser auch der Schweiß an meinem Körper herunter.

Ob sie viel Geld gekostet hatte, konnte ich nicht beurteilen. Die Gravur auf der Innenseite war jedoch ein Beleg für den hohen immateriellen Wert, den die Brosche für den Mann besaß, der sie ihr geschenkt hatte: In Liebe. D.

Im Geist ging ich die Vornamen der Lehrer an unser Schule durch. Es gab nur einen, dessen Vornahme mit »D« begann: Dietmar Schröder. Der Konrektor. Das kann doch nicht wahr sein, dachte ich. Dieser Lackaffe mit seiner geschwollenen Sprache, mit seinen grässlich gemusterten Krawatten, mit ... Wie er sich aufführte, wenn er sich bequemte, sein Büro zu verlassen und das Lehrerzimmer aufzusuchen! Und er war Nataschas ... Welche Dämonen hatten ihr geflüstert, ausgerechnet ihn zu erwählen?

—

Natascha hatte viele Klassenarbeiten zu korrigieren, jedenfalls klagte sie darüber. Also vermied ich es, sie für die Vorbereitung meiner Englisch-Stunden um Hilfe zu bitten. Ich saß zu Hause an meinem Schreibtisch, zog Bücher zu Rate und schrieb nützliche Hinweise heraus. Zusammen mit den Notizen, die ich während des Unterrichts gemacht hatte, und meinem gesunden Menschenverstand bastelte ich an einem Konzept.

Um halb elf lehnte ich mich zurück. Ich hatte getan, was ich konnte.

Erwin Brinkmann hob zunächst die positiven Aspekte des Konzepts hervor, ehe er auf die Schwachstellen zu sprechen kam. Besonders gravierend fand er die mangelnde Flexibilität. Ich dürfe nicht jede einzelne Stunde minutiös planen und mich starr danach richten wollen. Diese Vorgehensweise sei letztlich nicht erfolgreich.

Er wurde mir immer sympathischer, je länger das Gespräch dauerte. Ohne sich auf das hohe Ross des allwissenden Lehrers zu setzen, übte er harte, aber fundierte Kritik. Es wurde deutlich, dass ich einen beschwerlichen Weg mit ihm beschritt, an dessen Ende ich jedoch den Anforderungen unseres Berufes gerecht werden würde.

Auf Nataschas kritische Bemerkungen war meine Reaktion völlig anders.

Wir lebten unsere Liebe. Stunden-, zu Beginn der Weihnachtsferien tagelang. Nicht nur auf ihrem Futon. Auch durch Mimik, Gestik, Aufmerksamkeiten.

Natascha stöberte in Antiquariaten. Fand Bücher von Autoren, die nicht mehr gedruckt wurden. Legte sie mir sanft in den Schoß: für dich. Ich schwebte während der Klassikkonzerte durch die Wohnung. Oder lauschte. Neben ihr. An ihr.

Kein Besuch von Freunden; wir genügten uns.

Am Morgen des 24. Dezember brachte Natascha den eisernen Untersatz vom Dachboden herunter. Schlagartig bekam ich schlechte Laune. »Müssen wir uns unbedingt einen Weihnachtsbaum besorgen?« fragte ich.

»Du brauchst dich ja nicht darum zu kümmern«, antwortete sie. »Ich schaffe das auch allein.«

»Er passt nicht in die Wohnung.«

Ich schilderte ihr die Entwicklung des Vormittags, wie ich ihn mir vorstellte: »Wir gehen pfeifend durch den Nieselregen. Wir betreten den Supermarkt, in dem wir die Lebensmittel für die Feiertage kaufen wollen. Der Geschäftsführer macht einen Freudensprung wie damals Hans Rosenthal, stürzt auf uns zu und bedankt sich überschwänglich. Er erklärt, dass wir die einzigen Kunden sind. Getränke und Aufschnitt sind in großer Auswahl vorhanden. Fünf Kassiererinnen prügeln sich um die Gunst, die Sonderpreise eintippen zu dürfen. In der Gärtnerei finden wir sofort einen Baum, dessen Wuchs exakt unseren Vorstellungen entspricht. Kurze Zeit darauf bekommen wir ihn geliefert. Es ist überhaupt kein Problem, den Stamm in den Untersatz zu bekommen.«

»Deine Ironie kannst du dir sparen. Du hättest ja gestern schon einkaufen können. Und mir gefällt ein

Weihnachtsbaum nun 'mal.« Trotzig verschränkte Natascha die Arme ineinander.

»Ich sträube mich nur dagegen, dass wir uns so viel Stress machen. Es ist doch auch so gemütlich. Aber was soll's: Bringen wir es hinter uns!«

Nachmittags stand der Baum dann in der Wohnung: aufrecht-hoffnungsgrün.

Die weihnachtliche Atmosphäre weckte in mir Erinnerungen an meine Kindheit. Ich fragte sie, ob es ihr ebenso ergehe. Sie nickte. Etwas später begann sie zu erzählen; leise, ohne mich anzusehen.

Sie war das jüngste von vier Mädchen. Ihre Mutter war Hausfrau, ihr Vater selbständiger Schreiner gewesen. Er hatte manchmal bedauert, keinen Sohn zu haben, der ihm bei der Arbeit helfen konnte. Mädchen und Handwerk – diese Kombination passte nicht in sein Weltbild. Schon als Neugeborenes habe sie es gespürt, behauptete Natascha. Gespürt und registriert, diese Enttäuschung, die ihm im Kreißsaal im Gesicht gestanden hatte.

Spätere Zuneigung konnte diesen Eindruck nicht verwischen. Und zu Weihnachten, inmitten der Berge von Geschenkpapier, die Aufforderung von Verwandten an Nataschas Eltern: Versucht es doch noch einmal! Ihr seid doch noch so jung ... Natascha hatte die Flucht ergriffen. An den Feiertagen und anderen, für sie belastenden Tagen war sie oft zu einem alten, kinderlosen Ehepaar in der Nachbarschaft gegangen, bei dem sie immer willkommen war. Sie hatte auf dem Schoß des Mannes gesessen, den sie Opa nannte, und Kekse gefuttert, die ihre wahr-unwahre Oma gebacken hatte.

In Sturzbächen waren Nataschas Tränen geflossen, als sie im Alter von acht Jahren zufällig einen Blick auf die Anzeigen der aufgeschlagenen Lokalzeitung geworfen hatte. Sie hatte sofort begriffen, was das kleine schwarze Kreuz neben dem Namen bedeutet hatte. Der Bilderbuchopa war für immer eingeschlafen. Die Witwe, zu der sie sofort rannte, hatte tapfer gesagt, dass er nicht friere, in der Erde …

Dreieinhalb Jahre später hatte Natascha eine weitere Erschütterung zu verkraften, an der sie keinerlei Schuld gehabt hatte: der Umzug von der holsteinischen Kleinstadt nach Hamburg, bedingt durch einen Berufswechsel ihres Vaters, nachdem er im volltrunkenen Zustand den Bürgermeister und andere Honoratioren beleidigt und nur noch sehr wenige Aufträge erhalten hatte.

Alle Freundschaften, die sie sich mit kindlicher Mühe aufgebaut hatte, waren auf einmal zerstört. Wider Erwarten hatte sie jedoch in der norddeutschen Metropole neue Spielgefährten gefunden, und bald war ein Gefühl entstanden, dort zu Hause zu sein. Wenn sie heute gefragt werde, wo ihre Heimat sei, antworte sie Hamburg, schloss Natascha.

Die letzte Bemerkung ermutigte mich, ihr den Vorschlag zu unterbreiten, einige Tage in ihrem Geburtsort zu verbringen. Sie zögerte, stimmte dann aber zu.

Wir stellten das Gepäck in das Zimmer des Gasthofs, das wir telefonisch gebucht hatten. Ich hätte mich nach der Autofahrt gerne auf dem Federbett ausgestreckt, aber Natascha behielt Schal und Wintermantel an.

Ich fügte mich. Mit hastigen, den gefrorenen Boden ignorierenden Schritten ging sie voraus. Ohne Straßennamen zu lesen, überquerte sie Kreuzungen, bog in Seitengassen oder nahm eine Abkürzung durch Hinterhöfe, in denen lautes Gebell ertönte. Plötzlich blieb sie stehen. Sie stieß graue Wolken aus ihrem Mund.

Natascha machte nur einen kurzen Moment Pause, um Luft zu schöpfen. Kurz darauf setzten wir unseren Marsch fort. Sie ging nun etwas langsamer. Als sie wieder stoppte, wusste ich, dass wir das Ziel erreicht hatten.

An der Vorderfront des Einfamilienhauses, auf das Natascha nachdenklich blickte, waren keinerlei Risse erkennbar. Massives Eichenholz umrahmte die allem Anschein nach frisch gestrichene blaue Haustür. Durch die symmetrisch angelegten Fenster im Erdgeschoss und im ersten Stock drang Licht auf den Bürgersteig. Unterhalb des Giebels befand sich eine Luke. Dort war es düster.

»Das Kinderzimmer«, sagte sie.

Vermutlich hatte sie sich mit mindestens einer ihrer älteren Schwestern die ausgebaute Dachkammer teilen müssen. Wie wenig Möglichkeiten hatte sie gehabt, ihre kleinen Geheimnisse zu verbergen: das in Süßigkeiten umgesetzte Taschengeld, ausgeliehenes, nur für den eigenen Gebrauch bestimmtes Spielzeug, das Tagebuch, dem sie ihre Ängste und Wunschträume anvertraut hatte ...

Ein kleiner Junge presste seine Nase gegen eine der Fensterscheiben im Erdgeschoss und sah uns neugierig an. Wir bewegten uns nicht. Der Junge fuhr sich mit der rechten Hand durch die strohblonden Haare. Da fiel ihm etwas ein. »Papa!«, schrie er, »Räuber!«.

Eine männliche Stimme antwortete. Ich verstand nur Wortfetzen.

Der Junge war immer noch aufgeregt. »Guck' doch, Papa!«, rief er laut.

Die Haustür öffnete sich, ein Mann trat heraus. Natascha ging auf ihn zu. »Entschuldigen Sie bitte«, sagte sie. »Wir sind schon seit ein paar Minuten vor ihrem Haus. Das hat ihren Sohn wahrscheinlich beunruhigt.«

»Warum gehen sie dann nicht weiter?« Dem Mann fröstelte.

»Ich wollte meinem Freund das Haus zeigen, in dem ich meine Kindheit verbracht habe«, erklärte Natascha.

Seine Miene hellte sich auf. »Ach so.«

Eine junge Frau kam hinzu. »Was ist denn los, Uwe?«

Er sagte es ihr. »Kommen Sie doch herein! Dann können sie sich ansehen, was sich alles verändert hat.« Sie machte eine einladende Handbewegung.

»Wir möchten Ihnen keine Umstände machen«, wehrte Natascha ab.

»Unsinn«, sagte die Frau. »Kommen Sie.«

Wir stellten uns vor. Der kleine Junge hieß Sören. Ich musste sofort an den dänischen Philosophen Kierkegaard denken. Und an eines seiner Hauptwerke: »Entweder-Oder«.

Sören beäugte uns misstrauisch. Er war immer noch nicht recht überzeugt, dass wir keine Räuber waren.

»Vor kurzem sind wir abends ausgegangen. Wir dachten, er schliefe schon tief und fest. Leider war es nicht so. Er hat diese Fernsehsendung gesehen, in der ungeklärte Verbrechen nachgespielt werden. Das hat ihn sehr beeindruckt: dunkle Gestalten, die Banken überfallen oder in Häuser einbrechen«, erläuterte seine Mutter.

Ich blieb mit Sören und dessen Vater im Wohnzimmer, während sie mit Natascha in der Wohnung umherging. Ich hörte ihre Stimmen und das Knarren der Treppen, als sie in das erste Stockwerk und in die Dachkammer hinaufstiegen. In dem hellhörigen Haus musste man schleichen oder flüstern, um die Familienangehörigen über den Aufenthalt in einem Raum und den Inhalt eines Gesprächs im Unklaren lassen zu können.

Nach dem Ende der Besichtigung lehnte Natascha das freundliche Angebot, einen Schnaps zu trinken, ab. Wir bedankten uns und brachen auf.

»Tschüss, du Räuber«, verabschiedete ich mich von Sören.

»Selber Räuber«, sagte er trotzig.

Natascha setzte die Reise in der Vergangenheit konsequent fort. Sie suchte genau jene Plätze auf, mit denen sie wichtige Erinnerungen verband. Daher war es keine Überraschung für mich, dass sie am folgenden Morgen zum Friedhof wollte.

Der einst abseits gelegene Friedhof war mittlerweile zwischen einem neuen Wohn- und einem Gewerbegebiet eingeklemmt. In Größe und Aussehen

glichen die nach strengen deutschen Vorschriften ge-
bauten Mehrfamilienhäuser einander wie die Überra-
schungseier einer Schokoladenfirma.

Trotz des strahlenden Wetters begegneten wir auf
dem Friedhof keiner lebenden Seele. Natascha steuerte
auf die Reihe zu, in der sich nach ihrer Erinnerung die
letzte Ruhestätte des Bilderbuchopas befand.

Wir hielten nach dem steinernen Ausweis von
Johann Blancken Ausschau. Als wir ihn nicht ent-
deckten, versuchten wir es in den Reihen in der Umgebung. Aber auch dort hatten wir keinen Erfolg.

»Ich bin mir ganz sicher«, sagte Natascha. »Er muss
hier in der Nähe liegen. Da vorne ist die Bank, da
ist der Korb, in die die Leute die verwelkten Blumen
hineinwerfen ...«

»Vielleicht ist er umgebettet worden«, wandte ich ein.

»Das hätte seine Frau niemals zugelassen«, sagte sie
entschieden.

»Und wenn auch sie inzwischen – ich meine, sie war
doch alt.« Ich sprach es vorsichtig aus.

»Dann würde sie neben ihrem Mann liegen.«
Ich wollte sie nicht mit weiteren Spekulationen be-
lasten. Andernfalls hätte ich gesagt, dass es um die
letzte Ruhe von Johann Blancken geschehen war. Er
war tiefer gedrückt worden, von einer anderen Leiche,
die seinen ursprünglichen Platz mit dem Einverständnis der Friedhofsverwaltung in Beschlag genommen
hatte. Nach einer gewissen Anzahl von Jahren war
sein Anrecht verwirkt.

Aber hatten wir nicht ältere Sterbedaten gelesen?
1962, 1957, 1964 ... Ich lehnte mich an einen Baum-

stamm und dachte nach. Natürlich: Es war für eine lange Pachtzeit bezahlt. Im Voraus. Und bar. Niemand konnte es ihnen verübeln, dass sie ihre materiellen Möglichkeiten genutzt hatten. Nur für den Seelenfrieden, versteht sich. Für den eigenen auf Erden und den himmlischen des Verstorbenen.

Meine frommen Überlegungen wurden unterbrochen durch die Feststellung, dass ich an dem Baum meine Jacke schmutzig gemacht hatte. Wie ärgerlich! Der Baumstamm hatte viel Feuchtigkeit aufgesogen und eine Mischung aus verrotteter Rinde, Moos und Staub auf meine Jacke aufgedruckt. Nun musste ich damit herumlaufen. Ob es mir gelingen würde, die Schmach mit Hilfe meines Reisereinigungsmittels zu tilgen, erschien mir mehr als fraglich.

Plötzlich hatte ich einen Einfall: Wir hatten nicht bedacht … Wenn Natascha Schmiere stand, dann … Da war nötig, denn mein Vorhaben war zu pietätlos, als dass ich mich dabei erwischen lassen durfte. »Pass' auf wie ein Luchs!« redete ich ihr zu, »und wenn jemand kommt, nimm den Schal von deinem Hals, damit ich gewarnt bin. Sonst bekomme ich richtig Ärger.«

Natascha willigte ein. Ich machte mich wieder auf die Suche. Nun jedoch sah ich nicht so leichtfertig über die Grabsteine hinweg, deren Aufschriften von Töpfen oder Zweigen wild-wuchernder Pflanzen verdeckt wurden. Trotz des hart gefrorenen Bodens balancierte ich mit den Zehenspitze über die Gräber und räumte die Hindernisse beiseite, so dass ich die Buchstaben entziffern konnte.

Meine Bemühungen wurden schließlich vom Erfolg gekrönt. Natascha verstand meine triumphierende Körpersprache, sie gab ihren Wachposten auf und kam zu mir.

»Das ist sein Grab«, bestätigte sie leise.

Sie verbarg einen Teil ihres Gesichts in den Händen. Durch die auseinandergespreizten Finger konnte ich jedoch ihre Augen erkennen. Sie waren klar. Nach einer Weile schimmerten sie. Aus Trauer – oder aus Geldgier?

Ich habe Natascha niemals gefragt, ob der Wandel des Ausdrucks ihrer Augen seinen Grund in dem Erscheinen von Frau Blancken hatte. Und in dem Bewusstsein der Wirkung einer vermeintlich trauernden Haltung auf eine alte Dame ohne Erben.

Ein Lächeln huschte über das faltige Gesicht, als Natascha ihr sagte, wer sie war. »Nach all' den Jahren – das gibt's doch nicht!« Frau Blancken breitete ihre Arme aus.

»Ich hatte es mir schon öfter vorgenommen«, sagte Natascha. »Jetzt bin ich endlich wieder hier.«

»Und bist gleich zu Johann gegangen!« Frau Blancken war gerührt.

»Zu Opa«, sagte Natascha.

»Ja. Opa!«, sinnierte Frau Blancken. Dann streckte sie mir die Hand entgegen. »Guten Tag, Herr ...?«

»Broll«, ergänzte ich. »Michael Broll. Der Lebensgefährte von Natascha.« Kaum hatte ich den Begriff ausgesprochen, wunderte ich mich über mich selbst. Warum sagte ich nicht »Freund«, oder »Bekannter«? Begleiter durch das Leben ...

»Freut mich sehr«, sagte Frau Blancken. Es war ehrlich gemeint.

»Wie geht es dir?«, fragte Natascha.

»Das Gedächtnis lässt etwas nach«, erwiderte sie. »Und das Herz ... Aber ich will mich nicht beklagen.«

»Und Weihnachten?«

Frau Blancken hob resigniert die Schulter. »Was sollte ich schon machen? Ich war zu Hause, alleine natürlich, habe fern gesehen ... Es war wie an einem normalen Sonntag.«

»Heute wird es anders«, sagte Natascha. »Heute machen wir uns einen schönen Tag.«

»Hast du denn Zeit?« fragte sie vorsichtig. »Ich meine ...«

Natascha warf mir einen sehr eindringlichen Blick zu. Ich beugte mich ihrem Willen. »Mir macht es nichts aus, Frau Blancken«, sagte ich höflich. »Ich wollte heute sowieso nach Lübeck, einen Freund besuchen.« Besonders überzeugend klang es nicht.

Ich wandte mich Natascha zu: »Bis heute Abend.«

Das hatte meine liebe Natascha geschickt eingefädelt. Es war doch klar, dass wir Frau Blancken auf dem Friedhof antreffen würden. Die alte Witwe rennt doch bestimmt bei Wind und Wetter dorthin. Jetzt geht Natascha mit in ihre Wohnung. Räumt auf, bekocht sie, umsorgt sie. Billy Wilder könnte einen Film darüber drehen: Wie angelt man sich eine Erboma? Weiß der Henker, was sie alles besitzt: Das Haus, alte Möbel, Schmuckstücke ... Hatte Natascha nicht auch von Briefmarken erzählt, die Johann Blancken ihr gezeigt hatte? Oder waren es nur diese Millionenbeträge, diese Geldscheine aus der Zeit der Hyperinflation Anfang der 1920er Jahre?

Was Natascha wohl anstellt mit der ganzen Kohle? ... Es wird wohl noch etwas dauern, bis sie sie erhält. Aber dann wird sie kündigen. In der Schule und mir. Danke für die schöne Zeit! Viel Glück und tschüss! Ich mache mir jetzt ein schönes Leben.

Ich musste meine Gedanken in andere Bahnen lenken, aber das würde nicht so leicht gelingen. Einfach im gemütlichen Federbett in der Pension ein Buch lesen, würde da nicht reichen. Ich musste etwas unternehmen. Also beschloss ich, ans Wasser zu fahren. Nicht an einen stillen Fluss: zu den Gewalten wollte ich, und sei es nur für wenige Stunden.

Ohne in einen Stau zu geraten, kam ich am frühen Nachmittag auf der Ostseeinsel Fehmarn an. Ich hatte Glück. Das tiefe Blau des Himmels war verschwunden, es fetzten sich dunkle Wolken, kleine und große, und kündigten Sturm an. Das Wasser war genau so, wie ich es mochte: schäumend, brausend, tobend. In Sichtweite der Fähren nach Dänemark stieg ich aus dem Wagen und schlug einen Weg ein, bedächtig, fast schleichend, das Wirken der Elemente genießend. Links ein schmaler Waldstreifen. Die Bäume standen und bewegten sich doch. Ihre Oberkörper wippten. Sie hielten das Gleichgewicht, indem sie mit den Armen kreisten, und halfen dem Wind, eine Melodie zu pfeifen.

Aber das Stück Moor zwischen dem Priel und der offenen See blieb starr und stumm.

Ich fasste keine Vorsätze, die ich ohnehin nicht einhalten würde. Wie häufig hatte ich mir an Silvester geschworen, das Rauchen aufzugeben, weniger Alkohol zu trinken und nach 22 Uhr keine Schokolade mehr in mich hineinzustopfen! Meine persönliche Reife war so weit gediehen, dass ich für derartig lustfeindliche Maßnahmen keine Kraft mehr verschwendete.

Ich freute mich. Der Reiz des Unbekannten lockte. Denn Natascha und ich waren zu einer Silvesterparty bei einem ihrer Bekannten, einem gewissen Leonid eingeladen worden.

Es war keine Verkleidung erwünscht. Das fand ich außerordentlich schade: Wie sehr hätte es mir gefallen, mein Gesicht hinter einer dunklen Maske zu verstecken. So könnte ich meine Augen registrieren lassen, was unbemerkt bleiben sollte: die zu feste Umklammerung des Rückens einer Frau bei einem Tanz zu einem lateinamerikanischen Rhythmus; das Feuer, das schon vor Mitternacht im Körper werkelt und danach trachtet, zum Ausbruch zu kommen; der mit allen Tricks, jedoch still ausgetragene Kampf um das vorletzte Lachsbrötchen ... Aber mit etwas Glück würde ich die kleinen Boshaftigkeiten trotzdem erkennen.

Der Butler, der wie ein Chamäleon ständig in neue Rollen schlüpfen musste, trat wieder und wieder gegen den Tigerkopf, und Miss Sophie zechte, was ihre neunzigjährige Leber hielt. Als der Geburtstag zu Ende ging, war Natascha immer noch im Badezimmer. Was in aller Welt machte sie so lange dort? Sie wollte doch nicht etwa … O nein! Deshalb war sie morgens noch in der Drogerie gewesen, sie wollte sich die Haare tönen. Die schönen Haare, über die ich liebevoll meine Hände gleiten ließ! Hoffentlich wählte sie kein orange oder altrosa.

Warum sollte ich mich ärgern? Es war doch nur für kurze Zeit. Ein kleiner Silvesterscherz. Die Haare würden einige Male gewaschen, und schon würden sie wie vorher sein.

Ich schaltete den Fernseher aus. Es gab sinnvollere Möglichkeiten, mir die Zeit zu vertreiben, als zuzusehen, wie die Sänger auf der Mattscheibe ihre Lippen zum Playback verformten. Ich konnte in der Wochenzeitschrift, die wir auf einer Autobahnraststätte gekauft hatten, die Prognosen über die ökonomische Entwicklung in den europäischen Ländern lesen.

Natascha kam aus dem Bad. Sie hatte ihre Haare nicht getönt, nur die Spitzen abgeschnitten. Jemandem, den sie nur gelegentlich traf, wäre diese kleine Veränderung nicht aufgefallen.

Natascha stellte uns vor. Leonid schüttelte mir die Hand und sagte mir, dass ich mich in der Küche bedienen könne, wenn ich Appetit verspürte. Dann begann er mit Natascha eine Unterhaltung. Ich ließ sie allein und ging zum Buffet. Es war ein günstiger Augenblick. Einige Gäste hatten bereits ihre Teller gefüllt, aber es war noch genug Auswahl vorhanden.

Ich blieb in der engen Küche, weil ich Natascha nicht den Eindruck vermitteln wollte, als kontrollierte ich sie. Leonid war ein ruhiger, zurückhaltender Mensch, hatte Natascha mir erzählt. Architekt. Geschieden.

Jemand setzte sich auf den Stuhl neben mir. »Hallo! Ich bin Beate«, sagte sie fröhlich

»Michael.«

»Woher kennst du Leo?«, fragte die Frau.

»Ich habe ihn eben gerade erst kennengelernt«, erwiderte ich »Ich bin mit Natascha hier.«

Sie war offensichtlich über Natascha und ihre berufliche Tätigkeit unterrichtet. »Bist du der Referendar?«

Ich nickte. Ja, ich war der Referendar. Der Neue. Der Nächste.

Eigentlich hätte ich ihr nun Fragen stellen müssen. Aber ich hatte keine Lust dazu. Ich spießte mit der Gabel Nudeln auf und stopfte sie in mich hinein. Während ich kaute, überlegte ich, ob sie meinen Vorgängern auch begegnet war. Auf einer Feier oder bei anderen Gelegenheiten.

Sie fuhr mit dem Verhör fort. »Welche Fächer hast du?«

»Geschichte und Englisch.« Ich nannte das gemeinsame Fach von Natascha und mir an erster Stelle.

»Wie läuft es?«

»Ich fange erst nach den Ferien mit dem Unterrichten an.«

Unser Gespräch wurde kurz unterbrochen. Ich stand auf, um einem anderen Gast Platz zu machen, der sich eine Flasche Bier aus dem Kühlschrank nehmen wollte.

»Ich bin auch Lehrerin«, sagte sie.

»Ebenfalls in einer Realschule?« Jetzt ließ es ließ kaum noch vermeiden, auch eine Frage an sie zu richten.

»Ja. Ich bereite den Schülern mit Deutsch und Kunst Freude.«

Kunst hätte ich auch studieren sollen, dachte ich. Über das gesamte Schuljahr gesehen, erfordert die Vorbereitung für den Unterricht relativ wenig Zeit. Man sucht ein Thema aus, muss eventuell Materialien wie Ton oder Spray besorgen, und während des Unterrichts hat man seine Ruhe, wenn die Schüler sich nicht gerade mit Bleistiften oder anderen Gegenständen bewarfen.

»Malst du?« Nun wurde ich persönlich.

Sie fing den Ball, den ich ihr zugeworfen hatte. »Ja, Aquarelle. Es ist eine wunderbare Beschäftigung. Sie gibt mir die Ruhe, die ich nach einem anstrengen Vormittag in der Schule brauche.«

Gleich erzählt sie mir etwas über Kraft und innere Reinheit, die sie durch die Farben gewinnt, dachte ich. Und über viele gesparte Taler, die dazu beitragen, irgendeinen Guru mit dem siebenundzwanzigsten Rolls-Royce zu beglücken.

Beate hatte meine Gedanken erraten. »Ich bin keine Esoterikerin«, sagte sie. »Allerdings finde ich, dass jeder Mensch etwas benötigt, an dem er sich aufrichten kann. Eine Religion, im allerweitesten Sinn.«

Religion. Glaube. Gott. Göttin. »Eine Religion lenkt ab«, sagte ich. »Man verliert den Blick für die Realität.«

»Ich bin nicht der Meinung, dass Religion zwangsläufig wie Opium wirkt.«

Sie hatte wohl Marx gelesen, oder zumindest etwas über ihn aufgeschnappt.

Ich deutete auf die Flaschen. »Apropos Drogen: Wollen wir mal ausprobieren, wie der Amaretto hier schmeckt?«

Als wir anstießen, betrat Natascha die Küche.

»Prost!«, sagte Natascha spitz. »Wie ich sehe, seid ihr schon zu den härteren Sachen übergegangen. Warum auch nicht – es ist ja schon halb zehn.«

Ich atmete tief durch. »Du redest, als wären wir sternhagelvoll«, sagte ich ruhig. »Wir unterhalten uns und trinken gemütlich einen Likör, weil er uns schmeckt. Es ist doch nichts dabei.«

»Aber natürlich nicht.«

Beate versuchte es mit einem Kompliment. »Du hast einen sympathischen Freund.«

»Freut mich, dass ihr euch versteht. Willst du dich nicht auf seinen Schoß setzen? Dann kann ich auf deinem Stuhl Platz nehmen.«

»Es reicht, Natascha.« Ich war verärgert. Was glaubte sie eigentlich, was Beate und ich getrieben hatten? Dass es in der Küche so eng war und unsere Stühle aus diesem Grund so dicht nebeneinander standen, dass sich unsere Oberschenkel fast berührten, war doch nicht unsere Schuld. Natascha nahm sich zusammen. »Schmecken die Nudeln?« fragte sie.

Ich tauchte meine Gabel in die Masse der Kohlehydrate, die noch auf meinem Teller war. Natascha hielt mir ihren Mund entgegen. Ich küsste sie, bevor ich sie probieren ließ. »Möchtest du ein Stück Baguette dazu essen?«

»Das wäre nicht schlecht. Auch als Unterlage für den Amaretto und andere Getränke.«

»Na also«, sagte Beate.

Ich widmete mich den Gästen. Allerdings nicht in der Art, wie Beate es bei mir getan hatte. Stattdessen beobachtete und belauschte ich sie.

Die meisten standen in kleinen Gruppen zusammen und betrieben Konversation. Wenn etwas vermeintlich Lustiges gesagt wurde, lächelten die Münder. Das Leuchten der Augen unterblieb jedoch.

Der Höflichkeit halber verweilten die Leute einige Zeit. Dann entfernten sie sich, eine Entschuldigung murmelnd. Sie leerten die Gläser aus und füllten sie in der Küche auf; sie suchten die Toilette auf oder stürzten sich auf einen Neuankömmling. Nur selten kehrten sie zurück. Irgendwann war eine Gruppe vollständig aufgelöst. Aber spätestens eine halbe Stunde darauf war eine neue Runde entstanden. Der Kreislauf blieb geschlossen.

Es gab allerdings auch Gäste, die der gleichen Beschäftigung wie ich nachgingen. Auf diese Weise wollten sie in Erfahrung bringen, ob sie das laufende Jahr mit einem kleinen Flirt beschließen konnten, der sie zuversichtlich für das folgende stimmen würde. Manchmal sahen sie mich verstohlen an und rätselten, warum ich, der, wie sie festgestellt hatten, in weiblicher Begleitung zu der Silvesterparty gekommen war, darauf verzichtete, ständig in Nataschas unmittelbarer Nähe zu sein. Sie verstanden nicht, dass ich mich pudelwohl fühlte, weil ich es jederzeit hätte sein können.

Das war einer der Gründe, warum ich mich so sehr von manchen der Anwesenden unterschied, obwohl ich der gleichen Generation angehörte. Ich war mir der Handlungsspielräume bewusst, die ich an jenem Abend besaß. Sie hingegen blickten nicht über den Tellerrand hinaus. Die Regelmäßigkeit ihres Lebens, der Turnus um Familie, Arbeit und Versicherungen gestatteten allenfalls geringe Abweichungen von Konventionen. Jenen von Gesetzen ganz zu schweigen.

Um kurz vor zwölf ebbten die Gespräche ab. Die Gäste begaben sich in Lauerstellung, um für den großen Moment gewappnet zu sein. Ich trat ans Fenster und sah hinaus.

Die Nebelschwaden bahnten sich einen Weg durch die Häuserblöcke. Sie rochen die Lunten nicht, sonst hätten sie schleunigst die Flucht aus der Stadt ergriffen. Sie würden von glühenden Raketen durchschnitten werden, deren Kraft erst im Himmel nachließ.

Die Zeit bis zum Ende schritt schnell voran. Um Mitternacht brachen die Dämme. Wellen der Aktivität überfluteten die Menschen. Wünsche drangen durch den Schmalz anliegender und abstehender Sinnesorgane. Kurze und lange, obligatorische und leidenschaftliche Küsse wurden empfangen und verteilt.

Natascha keuchte vor Anstrengung. Mit den Fingern der linken Hand befreite sie den Hals von der

Schlinge; mit dem Daumen der rechten presste sie. Aber sie konnte der Wucht, die sie selbst auslöste, nicht standhalten. Der Korken knallte, schoss empor und zertrümmerte eine Birne der Lichterkette, die Leonid an der Gardinenstange befestigt hatte. Die Splitter fielen herab.

Natascha goss das perlende Festgetränk ein. Unsere Gläser klirrten.

—

Ich könnte es mir leicht machen und das Spiel mit einem unscheinbaren Buben fortsetzen. Aber mich plagen die drei Fehlfarben in meinem Blatt. Jede von ihnen wird irgendwann fällig sein. Es wird wohl das Beste sein, wenn ich anfange, diesen Ballast loszuwerden.

Grundsätzlich ist Beates Überlegung, mich mit einem Trumpf zu überbieten, richtig. Aber die Karo-Zehn ist wirklich zum Totlachen.

Natascha lacht nicht. Sie flucht. In Beates Richtung. »Was tust du denn da! Denk doch mal nach!«

Beate ist betroffen. Leonid kann sein Behagen kaum verbergen, als Natascha mit ihrem Kreuz-König meine Farbe bedienen muss. Nun kann er gefahrlos sein Karo-Ass ziehen.

Leonid leitet den nächsten Stich ein. Mit einem Buben. Der Stich ist für alle Beteiligten uninteressant. Beate bekommt ihn schließlich.

Natascha traut Beates Braten nicht. Sie denkt nach, mit welcher Karte sie deren Herz-Ass begegnen soll.

Sie geht auf Risiko und versucht es mit ihrem Karo-Ass.

In dieser Phase des Doppelkopfspiels hat Natascha Glück, Leonid und ich verhalten uns, wie sie es erhofft: Wir legen unsere Herzen auf den Tisch.

Die nächsten vier Karten geben mir immer noch keinen Aufschluss, mit wem ich in dieser Partie zusammenspiele. Die Entscheidung rückt jedoch näher: Leonid spielt Pik-Ass, und ich bediene mit Pik-Zehn.

Nach ihrer Karo-Dame zu urteilen, gehört Beate der Gegenpartei an. Wenn Natascha die Kreuz-Dame besitzt, hat sie jetzt die Möglichkeit, Beate und Leonid zu zeigen, dass sie zu mir gehört.

Mit der Karte, die sie zieht, gewinnt sie zwar den Stich. Aber es ist nicht die Kreuz-Dame. Es ist eine Herz-Zehn.

Die Fronten sind geklärt. Leonid und ich sind auf der einen, Natascha und Beate auf der anderen Seite. Auch im vorletzten Stich bin ich noch dieser Meinung, obwohl die Kreuz-Dame noch immer nicht gespielt ist. Und jetzt, wo wir unsere allerletzte Karte abgeben, ist es mir schon fast egal, dass Natascha doch meine Partnerin ist. Ich ärgere mich nur, dass die vielen Punkte zu Leonid wandern, da er seine Herz-Zehn wieder einmal bis zum Schluss aufbewahrt hat. Trotzdem gewinnen wir diese Partie.

Nach wie vor stehe ich in der Gesamtwertung weiterhin an letzter Stelle, das belastet mich aber nicht sonderlich. Der Abend ist lang, und beim Doppelkopf kann viel passieren.

Bubensolo

Natascha bietet uns Süßigkeiten an.

Beate ist gerade mit Mischen beschäftigt. Ich möchte Leonid ungern den Vortritt lassen, aber die Leckereien sind näher bei ihm als bei mir. Er greift dankend zu.

Die Karten sind verteilt. »Kann ich?«, fragt Natascha.

Leonid stimmt sofort zu. Beate nickt. Ich kann beim besten Willen nicht widersprechen.

Die von Natascha geforderte Farbe wird anstandslos bedient; Leonid und ich spielen jeweils eine Pik-Zehn, und Beate steuert einen König bei. Dann klopft sie auf den Tisch: Sie meint, diese Partie zu gewinnen.

Diese Ansage ist für mich genauso überraschend wie die Tatsache, dass Natascha den folgenden Stich mit einem Herz-Ass beginnt. Die Wahrscheinlichkeit, dass sie damit durchkommt, ist ziemlich gering.

Gegen alle Erwartung schafft sie es, jeder von uns hat ein Herz. Es geht in Nataschas Besitz über.

—

Das neue Jahr begann mit starkem Frost. Natascha und ich fuhren Schlittschuh. Manchmal war das Eis nur Zentimeter dünn. Trotzdem glitten wir darüber hinweg, als könnte es nie zu einem Krach kommen.

Als wir über meinem Geschichtsunterricht sprachen, forderte Natascha mich auf, mit dem Ende anzufangen. »Ich nehme mit den Schülern noch die Goldenen Jahre der Weimarer Republik durch. In der nächsten Stunde stehst du dann vorne«, sagte sie.

»Wie stellst du dir das vor?«, fragte ich. »Du berichtest von innen- und außenpolitischen Erfolgen. Dann komme ich und auf einmal gibt es den großen Knall. Um die Auswirkungen des Schwarzen Freitags an der New Yorker Börse für die wirtschaftliche Entwicklung in Deutschland begreifen zu können, müssen die Schüler doch wissen, dass der Aufschwung Mitte der zwanziger Jahre trügerisch war.«

Natascha sah mich ärgerlich an. »Willst du mir etwa vorschreiben, wie ich meinen Unterricht zu gestalten habe?«

Mir war es zu blöd, auf ihre rhetorische Frage zu antworten. Natürlich war sie sich auch bewusst, dass es keine solide Basis gegeben hatte. Die Situation wäre schon vor 1929 ohne die amerikanischen Kredite viel dramatischer gewesen. Aber Natascha darum zu bitten, es den Schülern gegenüber zumindest anzudeuten, damit ich es später leichter haben würde, war doch wirklich nicht zu viel verlangt.

Ich weiß nicht mehr, wie oft ich einzelne Teile meines Plans geändert habe. Den Anfang. Den Mittelpunkt. Den Schluss, der im optimalen Fall einen Übergang zur nächsten Phase darstellte.

Immer wieder probierte ich es. An verschiedenen Tagen, zu verschiedenen Zeiten. Ich legte mich auf mein Sofa, setzte mich in meinen Sessel und dachte nach. Ich kritzelte auf einer Unzahl von Blättern herum. Aber jedes Mal hatte ich das dumpfe Gefühl, etwas vergessen zu haben.

Der Termindruck zwang mich schließlich, Entscheidungen zu fällen. Und ich traf sie, eine nach der anderen, bis der Plan für meine erste Unterrichtsstunde fertig war.

Mein erster Gang zum Lehrerpult. Natascha saß auf dem Platz eines Schülers, der an diesem Tag fehlte.

Die Schüler schwiegen, aber nur für einen Moment. Dann hagelte es Sprüche: »Seht mal, Leute, der will uns was beibringen!«; »Wir sind die schlimmste Klasse, die allerschlimmste!«; »Ich hab' deinen Vornamen vergessen« …

Ich hätte auch souverän reagieren können, indem ich die Bemerkungen ignoriert hätte. Aber das wollte ich nicht. Der erste Eindruck wiegt mehr als die erste Schlacht eines Krieges. Er ist nur schwer zu korrigieren. Ich sah die Leute nacheinander an, die mir diesen überaus freundlichen Empfang bereitet hatten, und grinste hinterhältig: »Die Direktorin sucht noch Kandidaten für die Reinigung des Schulhofes, auf dem es aussieht wie im Schweinestall. Es macht bestimmt Spaß, bei dem Mistwetter den ganzen Müll aufzusammeln, der dort rumliegt.«

Sofort herrschte Ruhe. Keiner der Schüler hatte Lust, sich bei der Direktorin zu melden und nach Unterrichtsschluss in der Schule zu bleiben. Ich hätte es bei dieser Drohung belassen lassen können, aber stattdessen setzte ich noch einen drauf: »Außerdem habe ich noch ein paar Referate zu verteilen. Es dauert wirklich nicht lange, sie zu schreiben. Nur so fünf bis zehn Stunden, je nachdem, wie dämlich ihr euch anstellt.«

Damit hatte ich den Bogen überspannt, das wurde mir bewusst, kaum dass ich die letzten Worte ausgesprochen hatte. Ich spürte, dass Natascha innerlich bebte, kurz davor war, aufzuspringen und der Sache ein Ende zu bereiten. Kein Wunder: Sie hatte lange daran gearbeitet, bis sie in der von ihr bevorzugten Form mit den Schülern kommunizieren konnte. Inzwischen war sie in der beneidenswerten Lage, Verständnis für deren Unterricht störendes Verhalten zu signalisieren und trotzdem den Stoff in der dafür vorgesehenen Zeit zu vermitteln.

Ich sah auf meinen Spickzettel, den ich mir sicherheitshalber geschrieben hatte, und legte los. Stellte Fragen. Lobte. Brach die Diskussion, die die Schüler untereinander führten, erst ab, wenn sie vom Thema abwichen. Malte ein farbiges Schaubild mit Kästchen, Kreisen und spitzen Pfeilen an die Tafel. Wanderte durch die Reihen und warf Blicke auf die Abschrift, die die Jugendlichen davon anfertigten.

Die Zeit raste nur so dahin. Zwei Minuten vor dem Blinken der kleinen roten Lampe forderte ich eine Schülerin auf, die Ergebnisse der Unterrichtsstunde zusammenzufassen. Mehrmals von Zwischenrufen ihrer Mitschüler unterbrochen, leierte sie die Aspekte herunter, die sie für besonders wichtig hielt.

Ich muss zugeben, dass mein erster Gedanke weder meiner Geliebten noch meiner Mentorin galt. Eine rauchen wollte ich; schnell den dunklen Tabak bearbeiten, bis er die richtige Form angenommen hatte, ihn dann vollständig einwickeln, anzünden und seine Wirkung genießen.

Offensichtlich bemerkte Natascha, dass ich keine Lust hatte, sofort über das Vorgefallene zu reden. So schwiegen wir auf dem Weg vom Klassenzimmer in den Haupttrakt des Schulgebäudes. Ich steuerte sofort auf das Raucherzimmer zu. Sie folgte mir nicht dorthin.

Wir rückten keinen Zentimeter von unseren Standpunkten ab. Die Pause ging vorüber, ohne dass wir miteinander kommunizierten. Auch danach sahen wir uns nicht. Ich hatte nur eine dunkle Ahnung, was sie trieb: die Rückgabe der in den Weihnachtsferien korrigierten Arbeiten an die Schüler der 8c. Das konnte sie natürlich machen, wann immer sie wollte.

Eigentlich hätte ich an diesem Tag auch in der Klasse von Herrn Brinkmann mein Debüt am Pult geben sollen. In Absprache mit ihm hatte ich den Termin jedoch verschoben. Bei einer doppelten Feuertaufe innerhalb eines Tages hätte ich mir vielleicht unheilbare Verbrennungen zugezogen. Ich war erleichtert, als ich den mir vertrauten Platz fernab der Tafel einnehmen und dem Englisch meines Mentors lauschen konnte.

Mein Begrüßungskuss kam nicht automatisch. Er war wohlüberlegt. Ich gab ihr ein Zeichen: Natascha, ich bin in erster Linie als Freund zu dir gefahren, nicht als Referendar, der eine Rückmeldung über die erste Unterrichtsstunde erhalten möchte. Es half aber nicht.

»Du hast etwas zerstört«, sagte sie. »Deine Reaktion auf die Bemerkungen der Schüler – ich kann ja verstehen, dass du irgendwas tun musstest. Aber dass du gleich derart ... Ich fand das völlig überzogen.«

Ich war nicht besonders überrascht, dass sie sofort zum Thema kam. Aber ich hätte mir gewünscht, dass auch ihr daran gelegen wäre, zunächst gemeinsam zu kochen und zu essen und erst dann auf den Unterricht zu sprechen zu kommen, in einer ruhigen, entspannten Atmosphäre. Ich stöhnte auf.

»Michael, so geht das einfach nicht! Du kannst deinen Unterricht in einer Klasse nicht damit beginnen, dass du den Schülern mit dem Gang zur Direktorin drohst, nur weil sie ein paar Sprüche klopfen.«

»Ich bin nicht in der Absicht in den Unterricht gekommen, den Schülern drakonische Strafen aufzubrummen«, sagte ich. »Und mir ist völlig klar, dass sie bei einem neuen Lehrer ausprobieren wollen, wie weit sie gehen können. Ich habe nichts gegen einige Sticheleien. Wohlgemerkt: einige. Der Spruch mit meinem Vornamen war zu viel. Da ist mir der Kragen geplatzt.«

»Ich kann nachvollziehen, dass du dir das nicht bieten lassen wolltest. Ich kreide dir auch nicht an, dass du den Schülern gleich die Grenzen aufzeigst. Aber erstens war die Reaktion völlig überzogen, und ...«

»Das habe ich kapiert. Du hast es gerade eben schon gesagt.« Wollte sie mir alles doppelt und dreifach aufs Brot schmieren?

»... und zweitens, was mich noch viel mehr erschrocken hat, war die Art und Weise, in der du die Drohungen ausgesprochen hast: diese Kälte in deinem Blick, das Drohende in deiner Stimme. Das ist es, was mich wirklich beschäftigt. So kenne ich dich gar nicht.«

Das Gespräch stockte. Ich war mir nicht sicher, ob sie sich über die Bedeutung ihrer Sätze im Klaren war. Sie hatte angefangen, Bett und Schule in einen Topf zu werfen. Bald würde ich auch darin rühren, ein ums andere Mal, bis die Henkersmahlzeit unserer Beziehung zubereitet war.

—

Die Schüler von Herrn Brinkmann sahen mich erwartungsvoll an. Keiner von ihnen sagte etwas zu mir. Sogar die zu Unterrichtsbeginn üblichen Gespräche mit den Nachbarn fanden nicht statt.

Ich grinste.

Die Schüler wagten immer noch nicht, den Mund aufzumachen. Sie blickten zu ihrem bisherigen Englischlehrer. Herr Brinkmann deutete zu mir. Ich legte zwei Finger hinter mein rechtes Ohr und bog es nach vorne. Da begrüßten sie mich endlich, und ich grüßte freundlich zurück.

Ich hatte mir lange überlegt, ob ich eine etwas ausführlichere Vorstellungsrunde machen sollte. Die Gefahr lag in der Zeit, die es dauern würde, bis alle 27 Schüler auf Englisch ihr Alter, ihren Wohnort und ihre Hobbys genannt hätten. Spätestens nach der Vorstellung des neunten Schüler würde es einigen zu langweilig werden.

Nach den Gesichtsausdrücken zu urteilen, war es dann wirklich bei manchen der Fall. Aber sie verhielten sich ruhig. Ein paar grammatikalische Übungen noch, und schon war die Stunde gelaufen, ohne dass irgendjemand im Raum abfällige Bemerkungen von sich gegeben hatte.

Ich fühlte mich in meine Studienzeit zurückversetzt, an meine Besuche in der Bibliothek. Eine ältere Dame an der Garderobe legte griesgrämig ihr Strickzeug zur Seite, nahm Rucksack und Mantel entgegen, hängte sie auf und gab mir eine kleine Metallplatte, auf der eine Nummer eingestanzt war.

Zunächst blieb ich im Erdgeschoss, um zu recherchieren, wo sich die für meinen Geschichtsunterricht benötigten Zeitungsartikel befanden. Blitzschnell blätterte ich durch die Trefferliste und registrierte lediglich die Substantive: ein Bruchteil dessen, was schwarz auf weiß als Information für die Bibliotheksbenutzer festgehalten worden war. Mir genügte es völlig. Denn von dem Einzelnen konnte ich auf das Gesamte schließen.

Die Methode erwies sich als richtig. Schon bald hatte ich alle erforderlichen Signaturen notiert.

Im zweiten Stock angelangt, stöhnte ich. Die Luft war dort sehr stickig; ich würde mit Sicherheit ins Schwitzen kommen, wenn ich die Ordner mit den Zeitungsausgaben eines Monats von den Regalen zu dem Tisch trug, an dem ich eine vorläufige Auswahl treffen wollte.

Die Artikel in Frakturschrift sortierte ich gleich aus. Es war den Schülern einer Mittelstufe nicht zuzumuten, die für ihre Begriffe seltsamen Ausformungen der

Buchstaben zu deuten. Selbst wenn die Mehrheit es schaffen sollte, wären diese Berichte als Unterrichtsmaterial nicht angemessen: allein das Entziffern würde so viel Zeit und Mühe in Anspruch nehmen, dass die ursprünglichen Ziele in den Hintergrund rückten.

Endlich wurde ich fündig. Ich ignorierte den ausdrücklichen Hinweis auf der Vorderseite des Ordners, die vergilbten Papiere nicht zu entfernen. Ich faltete sie und steckte sie in den Schutzumschlag eines Buches. Dann ging ich zu den Kopierern.

Der Mann, der vor mir in der Schlange stand, hatte Geduld. Im Gegensatz zu den anderen Wartenden fluchte er nicht, weil jemand eine Unzahl von Kopien machte. Allerdings musste er nach einigen Minuten in der Warteschlange seine Körperhaltung ändern und verschränkte die Arme hinter dem Rücken. Nun konnte ich den Titel des großformatigen Buches entziffern, das er bei sich hatte. Beim letzten Wort stutzte ich. Ich betrachtete den Mann genauer und erschrak.

Am Abend zuvor, als Natascha, Beate, Leonid und ich zum ersten Mal zusammen Doppelkopf gespielt hatten, hatte Leonid mitgeteilt, dass er an diesem Abend keinen Alkohol trinken werde. Er müsse heute in Form sein, weil er einen wichtigen geschäftlichen Termin habe. In einer Stadt, die über vierhundert Kilometer entfernt war.

Wenn es diesen Termin überhaupt je gegeben hatte, stand es Leonid selbstverständlich völlig frei, ihn sausen zu lassen. Dennoch wurde ich das Gefühl nicht los, dass seine Entscheidung auch mich etwas anging. Kurz vor meinem Aufbruch in die Bibliothek hatte ich mit Natascha telefoniert und sie hatte mir von einer Verabredung mit einer alten Freundin erzählt. Heute.

Ich drehte mich um. Die Gummisohlen meiner Turnschuhe schluckten nahezu vollständig das Geräusch, das meine Füße beim Zusammenprall mit dem Boden erzeugten.

Ich beschloss, die Artikel mitzunehmen. Ich konnte sie woanders kopieren und sie später in die Bibliothek zurückbringen. Auf der Toilette öffnete ich die oberen Knöpfe meines Hemdes und ließ die Artikel darunter verschwinden. Am Ausgang fand keine Leibesvisitation statt, sodass der zeitweilige Diebstahl unbemerkt bleiben würde. Aber natürlich war ich anständig genug, die Ordner wieder in die Regale zu stellen.

Wo würde die heimliche Zusammenkunft von Leonid und Natascha stattfinden? Ich überlegte krampfhaft. In ihrer Wohnung? Unwahrscheinlich. Natascha hätte Angst, das ich dort unvermittelt auftauche. Also bei Leonid. Aber würde es ihm Spaß machen? Immerhin hatte er dort mit seiner Frau gelebt. Die Küchengeräte, die Fliesen im Badezimmer, das breite Bett – alles gemeinsam ausgesucht, gekauft und benutzt, in heller Begeisterung, Ernüchterung, wachsendem Ärger, bis zum endgültigen Bruch vor dem jüngsten Scheidungsgericht.

Bei aller Enttäuschung über Nataschas Verhalten war ich mir aber auch sicher, dass sie kein Stundenhotel aufsuchen würde. Die Vorstellung des schrägen Grinsens des Portiers, wenn er das Geld kassierte, und der nüchternen Ausstattung der Zimmer würde sie davon abhalten.

Vielleicht hatte Leonid auch die Schlüsselgewalt über die Wohnung eines Freundes oder über ein Haus von Verwandten und war gebeten worden, während der urlaubsbedingten Abwesenheit hin und wieder nach dem Rechten zu sehen und die Pflanzen zu gießen?

Ich wollte unter allen Umständen vermeiden, dass Leonid mich vor der Bibliothek sah. Es würde die Situation von vornherein zunichte machen: er und sie. Ertappt. In flagranti. Von mir. Dem Freund. Der sie liebkoste. Verständnis zeigte. Wünsche erfüllte.

Mit dem Auto konnte ich Leonid nicht verfolgen, weil ich mit dem Bus zur Bibliothek gefahren war. Ich wandte mich an die Freunde und Helfer, die fast überall auf der Welt Tag und Nacht erreichbar sind und oft ein offenes Ohr für die Probleme der Menschen haben, auch wenn sie es nur tun, um ein höheres Trinkgeld zu bekommen.

Der Mann, den ich auswählte, war über die Abwechselung angetan. »Zeigen Sie mir den Mann, wenn er die Bibliothek verlässt! Es kann schwer werden, wenn er die Straßenbahn benutzt, wegen des starken Verkehrs. Aber ich werde mein Bestes tun, ihn nicht aus den Augen zu verlieren.«

»Sie schaffen das bestimmt!«, sagte ich zuversichtlich. Wie oft hatte ich mich darüber aufgeregt, dass sich die Taxifahrer an den Ampeln vordrängelten, indem sie noch vor dem Umschalten der Ampel von rot auf rot-gelb von der für Busse vorgesehen Spur auf eine andere wechselten! Dieses Mal würde es zu meinem Vorteil sein.

Die Nervosität stieg langsam. Als Leonid aus der Bibliothek kam, wurden wir vom Jagdfieber geschüttelt.

Leonid wandte sich nach rechts. Im Gehen nahm er einen Papierstreifen aus der linken Hosentasche. »Er will in das Parkhaus«, meinte der Taxifahrer. Er startete den Motor, zwängte sich in den fließenden Verkehr und fuhr über eine Kreuzung. Vor der Parkhausausfahrt stoppte er. »Ducken Sie sich!«, forderte er mich auf.

Die Verfolgung bereitete dem Taxifahrer vorerst keine Schwierigkeiten. Er achtete darauf, dass sich zwischen dem Alfa Romeo von Leonid und seinem Mercedes mindestens einer, höchstens jedoch drei andere Wagen befanden.

Zu seiner Wohnung fuhr Leonid nicht, die lag in einer ganz anderen Richtung.

Plötzlich entwischte Leonid uns. Er bog links ab und überquerte dabei eine durchgezogene Linie. Er zwang ein entgegenkommendes Fahrzeug zu bremsen und preschte in eine kleine Straße. Trotz meiner dringlichen Bitte weigerte sich der Taxifahrer, es ihm gleichzutun. Der Gegenverkehr war ihm zu stark. Erst bei einer risikoärmeren Gelegenheit bog er ebenfalls ab. Ich schöpfte wieder Hoffnung.

Aber der Alfa Romeo geriet nicht mehr in unser Blickfeld. Leonid war verschwunden.

Wir hatten keinen Preisnachlass für den Misserfolgsfall vereinbart. Ohne zu murren, bezahlte ich die für meine Verhältnisse hohe Summe, die auf dem Taxameter stand.

Mir widerstrebte es jedoch, dem Taxifahrer ein Trinkgeld zu geben. Seine Reaktion fiel entsprechend aus. »Vergiss' nicht, den Mantelkragen hochzuschlagen und den Schlapphut aufzusetzen, Humphrey!«, sagte er sarkastisch.

Regen. Nasse Bindfäden auf dem pochenden Schädel. Zynismus: Es kann nichts mehr passieren. Leonid verloren. Natascha sowieso. Bärenhunger. Im Portemonnaie keine Scheine und wenig Münzen.

Eine Zigarette. Noch eine. Entschlossenheit. Notgedrungen setzte ich mich zu Fuß in Bewegung.

Leonid hatte keine besondere Eile gehabt. Sonst wäre er an den Kopierern nicht die Ruhe in Person gewesen. Ich erklärte mir sein vorschriftswidriges Abbiegen mit Bequemlichkeit. Der Ort, an dem er sich mit Natascha treffen würde, musste ganz in der Nähe der Stelle sein, wo er mir entwischt war.

Also fing ich mit der Suche nach dem italienischen Sportwagen an.

Ich schaute hinter jede Ansammlung von Mülltonnen, sah über Hecken in Vorgärten und blickte in Toreinfahrten. Nirgendwo lugte die Schnauze oder der hintere Teil des Fluchtwagens hervor. Wenn meine handwerkliche Geschicklichkeit ausgeprägter gewesen wäre, hätte ich einen Dietrich gebastelt, um in die Garagen gelangen zu können.

Es war kein Langer Marsch in Begleitung von Genossen, mit denen ich das Leid, aber auch den Optimismus, irgendwann die Gegner zu besiegen, hätte teilen können. Und doch verdrängte ich weiterhin das Wasser auf den Straßen und Bürgersteigen. Quellen, deren Ursprung zu bestimmen ich an jenem Tag nur unbewusst fähig war, speisten meinen Körper mit Energie.

Das letzte Fleckchen Haut war schon seit geraumer Zeit durchnässt. Die Vorhut einer Erkältung kündigte sich an. Da erspähte ich eine Telefonzelle und riss die Tür auf.

Ich hatte ein Nest aufgestöbert. Wie viele heiße Liebesworte mochten hier schon gehaucht, geflüstert, gestöhnt und geschrien worden sein? Nun kam ich. Und blieb. Sie konnten mich zwar unterbrechen. Sich tausend Mal entschuldigen. Erklären. Um Gnade flehen. Aber nach allem, was vorgefallen war, würde ich ihnen keine Chance geben. Ich musste an mich selber denken und konnte den Platz in der Telefonzelle nicht räumen, bis ich fertig war.

Die benötigten Wälzer waren vorhanden: die »Gelben Seiten« einschließlich der Blätter mit den Plänen der Stadtteile, und das Buch mit den Telefonnummern der Privatleute: juristische Personen wie die im Handelsregister eingetragenen Firmen und damit für Verfehlungen in- und außerhalb der eigenen Räumlichkeiten rechenschaftspflichtig.

Ich ging systematisch vor. Alle Adressen der Menschen, die den gleichen Nachnamen wie Leonid hatten, suchte ich heraus und sah nach, ob sie in der Umgebung wohnten. Mit dem Namen Hoppe verfuhr ich ebenso. Aber auch dort fand ich keinen Eintrag, der mich zuversichtlich gestimmt hätte.

Das ganze Theater für nichts und wieder nichts, dachte ich. Außer der bitteren Erkenntnis, dass Natascha ... Theater! Das Theatercafé! Es war ganz in der Nähe. Warum sollten die beiden nicht bei einem Stück Apfelkuchen mit Schlagsahne zusammensitzen und darüber sprechen, ob aus ihrer Affäre eine dauerhafte Beziehung werden sollte? Natascha würde abwägen und sich dann entscheiden. Mit allen Konsequenzen. Für sie, für Leonid und für mich.

Ich wäre naiv, geradezu weltfremd gewesen, wenn ich angenommen hätte, dass Natascha auf alle Zeit nur Augen für mich hätte. Mir war schon immer klar gewesen, dass sich unsere Wege irgendwann trennen würden, irgendwann in ferner Zukunft.

Aber nicht so, meine Liebe, dachte ich. Das hast du dir so gedacht: Du beschreibst, erklärst und beendest, und ich höre zu, überrascht und völlig fertig mit den Nerven. Das wird anders laufen, ganz anders.

Wütend stieß ich die Tür der Telefonzelle auf und stürzte hinaus. Den Regen, der wieder auf meinen mit Rachegedanken gefüllten Kopf fiel, spürte ich nicht. Entgegenkommenden Passanten genügte offenbar ein flüchtiger Blick auf mein Gesicht, um festzustellen, in welcher Stimmung ich mich befand. Sie pressten ihre Einkaufstaschen und Aktenmappen an den Körper und traten zur Seite, bis ich vorbeigehetzt war. Nur ein junger Mann legte sich mit mir an. Er verlor. Oder vielmehr sein Hund, der an meinen Hosen schnüffeln wollte.

Eigentlich mag ich Hunde. Sogar gegen Pitbulls verspüre ich keine Abneigung. Sie können schließlich nichts dafür, dass sie von den Menschen scharf gemacht werden.

»Ab!«, sagte ich leise, aber in einem Ton, der das
arme Tier augenblicklich gehorchen ließ. Es floh zu
seinem Herrn.

Auf der Bühne stellten sie hemmungslos ihre Fähigkeiten zur Schau: Mimik und Gestik, Stimmen und
Stimmungen. Wenn es durch Mark und Bein ging, die
Betrachter völlig eingenommen waren und vergaßen,
was sie mochten, wen sie liebten, hatten sie ihr Ziel
erreicht. Vom Foyer führte eine breite Treppe in den
Keller. Ich spähte über das Geländer. Niemand war zu
sehen. Langsam stieg ich die Stufen hinab. Ich atmete
erleichtert auf, als ich unten angekommen war. Durch
die kleine Scheibe der Eingangstür konnte ich fast das
gesamte Café überblicken.

Eine Gruppe von jungen Leuten, wahrscheinlich
Studenten vom nahegelegenen Institut für Medienwissenschaft, saß an einem großen Tisch in der Mitte
des Raumes. Sie diskutierten lautstark über eine Szene
in einem Film, der seit kurzer Zeit in den Kinos lief.
Die anderen Besucher verteilten sich auf fünf weitere
Tische. Mit dem Ecktisch hatten sie eine gute Wahl
getroffen. Auf dem Weg zum Ausgang, zur Theke oder
zu den Toiletten ging keiner der Gäste daran vorbei.
Pflanzen in der Nähe schränkten die Sicht auf die beiden stark ein. Die nächste brennende Lampe war meterweit entfernt, und die angezündete Kerze auf ihrem
Tisch hielt nur einen schwachen Schein aufrecht.

Leonid redete. Der Architekt entwarf Wörter, Sätze, Szenarien. Natascha lauschte, den Kopf mit dem rechten Arm stützend. Stell' eine Gabel darunter, dachte ich. Wach' auf! Er zeichnet mit einem weichen Bleistift. In Wahrheit ist es stahlhart, das Gebäude, und trotzdem nicht erdbebensicher.

Ich hätte die Vorstellung schon in diesem Moment unterbrechen können. Aber es war mir noch zu früh.

Nun bereitete es mir keine Mühe mehr, seinen Wagen zu finden. Er hatte die Dreistigkeit besessen, in den Hof zu fahren und einem der Theaterleute den reservierten Platz wegzunehmen. Leonid schien fest damit zu rechnen, dass er nicht abgeschleppt würde. Eine andere Möglichkeit bestand darin, dass er vorhatte, lange vor Beginn der abendlichen Aufführung abzuhauen. Ich musste mir also erneut die Frage stellen, wo die beiden die nächsten Stunden verbringen würden. Geld für eine Bestechung des Kellners, damit er sie belauschte, oder für eine weitere Verfolgungsjagd per Taxi hatte ich nicht mehr bei mir. Mich im Kofferraum des Autos zu verstecken, wäre die sicherste und billigste Methode gewesen, in ihrer Nähe zu bleiben. Aber er war verschlossen. Ich entschied mich schließlich, mit dem Bus zu Leonids Wohnung zu fahren und dort zu warten.

Das Mädchen war etwa zehn Jahre alt. Es trug einen Rucksack, aus dem der Griff eines Sportschlägers herausragte. Sie träumt davon, eine würdige Nachfolgerin der Kerberin zu werden, dachte ich. Morgens Schule, nachmittags Hausaufgaben, abends knallhartes Training. Ein kindgerechter Tagesablauf.

»Warst du schon einmal in Wimbledon?«, fragte ich.

»Ich spiele Badminton«, antwortete sie patzig.

Der Zweck meiner Frage war trotzdem erfüllt. Sie öffnete die Tür auf und protestierte nicht, als ich hinter ihr in das Haus ging, in dem Leonid wohnte.

Leider konnte ich die Wartezeit nicht nur sitzend und rauchend überbrücken. Alle paar Minuten kamen Leute die Treppe rauf oder runter und mir blieb nichts anderes übrig, als mich ebenfalls zu bewegen und so zu tun, als besuchte ich jemanden. Ich hatte die Ehre, für eine ältere Dame eine schwere Einkaufstasche in den fünften Stock zu schleppen, den Duft gefüllter Mülltüten zu genießen und neugierigen Blicken ausgesetzt zu sein.

Nach einer halben Stunde lauschte ich besonders aufmerksam. Das Geräusch mehrerer Treppen erklimmender Füße verstärkte sich. Vor Leonids Wohnung wurde es kurz still, dann öffnete Leonid die Tür. Ich hörte von meinem Posten im darüberliegenden Stockwerk, dass er nicht allein die Wohnung betrat.

Ich hatte mir vorgenommen, genau in diesem Moment einzuschreiten. Aber ich ließ es bleiben. Erst als die Wohnungstür geschlossen worden war, stand ich auf und ging die Treppenstufen hinab, immer weiter, bis ich im Erdgeschoss angelangt war.

Auf dem Bürgersteig konnte ich es dann doch nicht lassen, hochzublicken. Die Gardinen von Leonids Wohnung waren zugezogen. Dahinter konnte man zwei Konturen erkennen, die sich aufeinander zubewegten.

—

Ich hätte es mir eigentlich nicht leisten können, den darauffolgenden Abend bei Natascha zu verbringen. Weitere Unterrichtsstunden standen bevor und ich hatte noch nicht alle erforderliche Vorbereitungen getroffen.

Natascha fragte danach, als ich mich auf das Sofa gesetzt hatte. »Ich bin so gut wie fertig«, log ich. »Englisch war kein großes Problem, und für Geschichte habe ich das nötige Material in der Bibliothek gefunden.«

»Da bin ich ja 'mal gespannt«, sagte sie.

Ich war auch neugierig. Auf mich selber. Ob ich die Geduld aufbrachte und ihr die Möglichkeit geben würde, von allein mit der Wahrheit rauszurücken? Oder ob ich schnell zum Punkt kommen würde: Warum, Natascha?

»Er ist schon da«, sagte sie. »Freust du dich?«

Ich war etwas verwirrt. »Was meinst du?«

Natascha deutete in eine Ecke des Raumes. Ich hatte ihn nicht registriert, als ich das Wohnzimmer betreten hatte.

Sie hatte sich tatsächlich einen neuen Fernseher zugelegt. Nachdem sie das Sonderangebot gelesen hatte, war sie kurzentschlossen in das Fachgeschäft marschiert, hatte ihre Kreditkarte gezückt und mit dem Inhaber vereinbart, dass das Gerät noch am gleichen Tag geliefert werde.

Natascha ließ sich ebenfalls auf dem Sofa nieder und tippte auf die Fernbedienung. Auf dem linken, oberen Bildschirmrand erschien das Logo eines Privatsenders. Ich erwartete, dass sie umschalten würde. Aber das tat sie nicht.

»Ich nehme an, du willst den ganzen Abend vor der Glotze sitzen?«

Natascha nickte. »Du hast es erfasst.«

Mir fiel der Kontrast auf. Als sie etwas an mir auszusetzen hatte, nach meiner ersten Unterrichtsstunde in ihrer Klasse, war sie sofort zur Sache gekommen. Und jetzt, nachdem sie etwas getan hatte, das uns beide ungleich mehr betraf, da pflanzte sie sich seelenruhig auf ihr Sofa und sah sich diese dämliche Serie an.

Sie weiß ja nicht, was ich weiß, dachte ich. Wenn wir zu zweit fernsehen, unterhalten wir uns kaum. Und wenn wir es doch tun, sehen wir uns dabei nicht in die Augen. Ich hätte keinen Anlass, misstrauisch zu sein.

Ich war ja auch nicht misstrauisch. Ich war sicher.

—

Nun kommt Natascha mit einem Kreuz-Ass heraus. Leonid legt die gleiche Farbe. Ich habe kein Kreuz. Ich könnte jetzt eine andere Fehlfarbe wegwerfen. Aber damit ließe ich Natascha weiterhin gewähren, und das will ich auf keinen Fall. Also steche ich ab. Mit einem Karo Ass.

»An deiner Stelle wäre ich das Risiko nicht eingegangen«, sagt Beate zu mir.

»Die Gelegenheit war günstig«, erwidere ich. »Kreuz ist bisher noch nicht gelaufen, und nach mir bist nur noch du dran. Da musste ich einfach mit dem Karo-Ass eingreifen.«

»Aber sie hat doch geklopft!«, wirft Natascha ein. »Pik und Herz musste sie bedienen – vermutlich wird sie also kein Kreuz haben. Damit bist du deinen Fuchs los.«

»Warte mal ab!« Ich bin optimistisch. Beate denkt und handelt nicht immer so logisch wie wir anderen Doppelkopfspieler.

Beate legt eine Kreuz-Zehn. Damit gehört der Stich mir. Ich kann mir gerade noch eine hämische Bemerkung gegenüber Natascha verkneifen. Aber natürlich steht mir die Schadenfreude im Gesicht geschrieben.

»Mach' schon weiter!« Natascha kann es nicht leiden, wenn ich recht behalte.

Ich ärgere sie noch ein bisschen, indem ich mal an diese, mal an jene Karte greife, ohne sie auszuspielen, obwohl ich mich längst entschieden habe, mit welcher ich das Spiel fortsetze: Kreuz-Bube, der Bube mit der höchsten Wertigkeit. Allerdings befindet er sich innerhalb der Hackordnung der Trümpfe nur im Mittelfeld.

Beate und Natascha legen jeweils eine Dame. Leonid findet diesen Stich uninteressant und wirft einen kleinen Buben in die Runde.

Natascha macht weiter. Mit der Kreuz-Zehn bringt sie wieder den Schwung in das Spiel, der im letzten Stich gefehlt hat.

Leonid erhöht unfreiwillig den Reiz für Beate und mich, die Karten zu erobern: Er bedient mit Kreuz Ass. 21 Punkte sind ein Menge Holz. Ich würde gerne zuschlagen. Beate sitzt mir jedoch im Nacken. Und wenn sie vorhin, als sie ankündigte, diese Partie zu gewinnen, nicht geblufft hat, besitzt sie mindestens einen der beiden höchsten Trümpfe. Da kann ich nicht mithalten, so gerne ich es täte. Ich spiele eine Herz Dame.

Es ist Beate anzumerken, wie sehr sie es genießt, am längeren Hebel zu sitzen. Ihre Herz-Zehn stellt meine Dame locker in den Schatten.

Ihre nächste Karte kommt aus der entgegengesetzten Richtung: Es ist der kleinste Trumpf, den es beim Doppelkopf gibt.

Dass Natascha mit der Pik-Dame nur scheinbar eine gute Wahl getroffen hat, erweist sich erst, als Leonid und ich den Stich beenden: Leonid übernimmt mit der Kreuz-Dame, und ich gebe ihm erleichtert die Karo-Zehn, weil ich weiß, dass er und ich dieses Mal ein Team bilden.

Leonid setzt seine Initiative fort. Zu seiner Pik-Dame steuere ich aus taktischen Gründen einen Kreuz-König bei.

Beate will Natascha zeigen, dass sie noch etwas zu bieten hat: die zweite – und letzte – Herz-Zehn. Natascha ist davon überhaupt nicht begeistert, obwohl es ihr die Gelegenheit eröffnet, mit ihrer Karo-Zehn Beate und damit sich selbst viele Punkte zuzuschustern.

Nun sind nur noch wenige hohe Trümpfe im Spiel. Und ich besitze die meisten davon, ein beruhigendes Gefühl.

Beate, Natascha und Leonid legen jeweils einen Buben. Ich habe den stärksten und mache den Stich. Dann entscheide ich, die anderen zu entmachten: Mit meiner Kreuz-Dame entziehe ich Beate und Leonid Trümpfe, während Natascha nur mit einer Fehlfarbe aufwarten kann.

Im allerletzten Stich haben Leonid und Natascha nichts mehr zu melden. Beide haben noch Fehlfarben. Noch mehr Vergnügen als deren Karten bereitet mir die von Beate: Karo-As, der Fuchs. Er zappelt in der Falle meines Karo-Buben.

Gemäß unserer vereinbarten Zählweise endet das Spiel unentschieden. Die Frauen haben mehr Punkte ergattert, Leonid und ich dafür einen Fuchs gefangen. Auf dem Zettel von Natascha bleiben die Positionen von allen Beteiligten gleich. Eine schnelle Veränderung ist jedoch möglich: Nach einer Nullrunde werden die folgenden vier Spiele doppelt gezählt. Ich weiß aber nicht, ob ich die Geduld aufbringe, bis zum Abschluss dieser Spiele die Pistole in der Jackentasche zu lassen.

Fleischlos

Jeder von uns hat inzwischen einmal ausgeteilt. Nun ist Natascha wieder an der Reihe. Während sie die Karten abwechselnd zusammenfügt und voneinander trennt, vertilgen Beate, Leonid und ich den Rest der Süßigkeiten.

Niemand will in dieser Partie Solo spielen. Auch sonst gibt es keine besonderen Vorkommnisse. Leonid kann die erste Karte legen. Es ist ein niedriger Trumpf. Entweder hat er kein Fehlfarben-Ass, oder er besitzt so viele Karten der entsprechenden Farbe, dass er davon ausgehen kann, dass einer von uns diese Farbe nicht hat und den Stich mit einem Trumpf übernehmen kann.

Ich lege ebenfalls einen Karo-König. Sollen sich doch Beate und Natascha um die Beute streiten.

Beates Interesse ist unverkennbar. Sie zückt eine Pik-Dame.

Natascha denkt einen Tick zu lange nach. Damit deutet sie an, dass sie in der Lage wäre, den Stich an sich zu reißen. Schließlich entscheidet sie sich, es nicht zu tun, und wirft einen kleinen Buben auf den Tisch.

Beate bleibt also am Zug. Sie fordert Pik, und da wir anstandslos bedienen, bringt sie 29 Punkte nach Hause. Auch der Kreuz-Stich, den sie folgen lässt, landet bei ihr. Jetzt holt sie eine Herz-Dame hervor. Ob sie damit bei einem von uns anderen landen wird, steht im Moment noch in den Sternen.

—

Ich hatte nicht permanent ein schlechtes Gewissen. Aber jedes Mal, wenn ich daran dachte, durchfuhr es mich wie bei einen kleinen Stromschlag.

Eines Nachmittags hatte ich die Nase gestrichen voll. Ich setzte mich in mein Auto, fuhr zur Bibliothek und brachte den Zeitungsartikel zurück,

Eigentlich albern, sich wegen so eines lächerlichen Fetzens Papier Gedanken zu machen! Die Wahrscheinlichkeit, dass jemand genau diesen Artikel benötigt, lag schließlich nahezu bei null Prozent. Aber möglich war es schon, und wenn ich mir ausmale, dass ich mich nach intensivem Suchen in der Bibliothek am Ziel wähne und feststellen muss, dass das Objekt meiner Begierde verschlampt oder gestohlen wurde ... Ich bin kein Choleriker, aber wenn eine bestimmte Grenze überschritten wird, werde ich manchmal ausfällig, leider auch gegenüber solchen Menschen, die mit der Sache rein gar nichts zu tun haben.

Ich ließ das Auto auf dem Parkplatz der Bibliothek stehen und fuhr mit der Straßenbahn zu einem Szenecafé in der Innenstadt. Endlich hatte ich wieder die Muße, einer meiner Lieblingsbeschäftigungen nachgehen zu können. Ich bestellte eine große Tasse Kakao mit Sahne und schnappte mir einige Zeitungen und Zeitschriften. Wenn neue Gäste hereinkamen, unterbrach ich meine Lektüre mitten im Satz und hob den Kopf, als erwartete ich, unter ihnen einen Freund zu erspähen, mit dem ich dann einen Plausch hielte. Dabei wollte ich eigentlich nur dasitzen und lesen.

Zunächst kam niemand an meinen Tisch, kein Bekannter und auch kein guter Freund, der mir eventuell Vorschläge unterbreitet hätte, die Situation nicht so zu lassen, wie sie war, sondern aktiv zu werden, sich die eigene Handlungsfähigkeit zu beweisen, in welcher Form und mit welchem Ausgang auch immer.

Sie steuerte sofort auf mich zu. »Hallo Michael!«

»Hallo!« Ich begrüßte sie absichtlich nicht mit ihrem Namen.

Es nützte nichts. Beate setzte sich und bestellte einen Kaffee. »Wie geht's dir?«, fragte sie.

»Mittelprächtig«, antwortete ich. »Ich muss ziemlich viel für die Schule tun.«

»So ist es mir auch ergangen, als ich Referendarin war«, fing sie an zu plaudern. »Morgens der Stress in der Schule, danach die Vorbereitung für den Unterricht – oft bis in die Abendstunden. Das Privatleben ist viel zu kurz gekommen.«

Mein Privatleben bestand in erster Linie aus Natascha. Beziehungsweise aus Gedanken, die ich mir über die noch bestehende Beziehung machte. Aber ich hatte keine Lust, mich darüber mit einer Frau zu unterhalten, die ich kaum kannte.

»Wenn ich eine Mentorin wie Natascha gehabt hätte, wäre mir manches leichter gefallen«, sagte Beate.

Es war unmöglich, mit Beate an einem Tisch zu sitzen und Natascha außen vor zu lassen. Sie war schließlich der gemeinsame Nenner zwischen uns beiden.

»Die Zusammenarbeit mit ihr ist wirklich angenehm«, sagte ich. Was den Unterricht betraf, so arbeiteten wir zumindest nicht gegeneinander.

»Das kann ich mir denken. Ich habe mit ihr auch gute Erfahrungen gemacht.«

»In der GEW?« Ich stellte die Frage etwas zu schnell. Zu lauernd.

»Wo denn sonst? Beim Doppelkopf vielleicht?« Beate lachte.

Ich unternahm einen zweiten Versuch. »Habt ihr euch eigentlich in der Gewerkschaft kennengelernt?«

»Ja«, erwiderte Beate. »Kennen- und schätzen gelernt.«

Weiter, dachte ich. Du plapperst doch sonst immer so viel. Aber Beate hielt den Mund. Ich überlegte, wie ich weitere Informationen aus ihr herausholen konnte. Von Natascha wusste ich nur, dass sie und Beate in der GEW waren und manchmal zusammen Doppelkopf spielten. Mehr nicht. Obwohl es bestimmt mehr gab.

Mir fielen keine geschickten Fragen ein. Wenn ich Glück hatte, würde Beate später von selbst Genaueres über ihr Verhältnis zu Natascha berichten.

»Ist es nicht frustrierend, in einer Gewerkschaft aktiv zu sein? Es geht doch nur noch um die Erhaltung dessen, was im Lauf der Zeit erkämpft wurde. Die Arbeitszeit soll erhöht, der Beamtenstatus abgeschafft werden, die ...« Ich stockte, weil die Kellnerin Beates Kaffee brachte.

»Sollen wir deshalb aufhören? Es gibt doch kaum noch Leute, die sich engagieren!«

Sie hatte recht. Auch wir Referendare waren zur Mitarbeit aufgefordert worden. Nicht nur von der GEW, sondern auch von anderen Gewerkschaften. Die Flugblätter hingen wochenlang am schwarzen Brett des Lehrerzimmers. »Solidarisch in die Zukunft«

oder so ähnlich lauteten die Überschriften. Als Sahnebonbon wurden uns Vorteile einer Mitgliedschaft wie Rechtsschutz in allen das Referendariat betreffenden Angelegenheiten gepriesen.

Insgeheim stimmte ich ihnen zu. Die Konsequenz der miserablen Lage konnte nicht sein, sich nörgelnd ins stille Kämmerlein zu begeben und auf bessere Zeiten zu hoffen. Aber ich hatte keine Zeit, jede Woche zu einer Versammlung zu fahren, und auch keine Lust, stundenlang Aktionen zu planen, bei denen nichts herauskommt. Nur passives Mitglied wollte ich nicht sein. Also ließ ich die Antragsformulare unausgefüllt und zog mir Nataschas Missfallen zu.

Beate knickte ihren rechten Arm, legte die Hand in den Nacken und warf mit einigen Fingern ihre langen Haare nach hinten. Ich konnte es nicht eindeutig interpretieren. Kokettierte sie oder war es eine Gewohnheitsgeste?

»Trinkst du einen Amaretto mit?«, fragte sie.

Einen Moment lang schwebte mir vor, etwas von einer Verabredung mit einem Freund zu murmeln. Aber es gefiel mir nicht, vorzeitig die Segel zu streichen und damit im Unklaren zu bleiben, welche Absicht Beate mit der Einladung zu einem Amaretto verfolgte. Abgesehen davon schmeckt er mir ziemlich gut.

Es blieb nicht bei einem Glas. Beate kramte Anekdoten aus ihrem Berufsleben hervor: der alte Direktor, der partout nicht vorzeitig in Pension gehen wollte, obwohl er nicht mehr in der Lage war, einen funktionierenden Vertretungsplan zu erstellen, geschweige denn zu merken, dass die Sekretärin stundenlang mit ihren Freundinnen telefonierte; der Schüler, der ihr ein höchstwahrscheinlich geklautes Autoradio verkaufte und beim Einbau in ihrem VW Polo zwei Türverkleidungen zersägte; die besorgten Eltern, denen sie nicht sagte, dass ihre fünfzehnjährige Tochter nicht bei einer Freundin, sondern bei ihrem Freund übernachtete, weil dessen alleinerziehender Vater auf Geschäftsreise war ...

Es war nicht nur der steigende Alkoholpegel, der sie mir auf einmal attraktiver machte. Es waren auch die lebhaften Bewegungen ihrer Arme und ihres Kopfes, mit denen sie ihre Geschichten unterstrich.

Natürlich merkte Beate, welchen Eindruck sie auf mich machte. Trotzdem war ich ziemlich überrascht, als sie mir vorschlug, mit in ihre Wohnung zu kommen.

Ich willigte ein. Spontan, ohne darüber nachzudenken, welche Folgen diese Entscheidung nach sich ziehen konnte. Beate stand auf, bezahlte an der Theke und wir verließen das Café. Draußen hakte sie sich bei mir ein, wir zogen los in die Richtung, die Beate bestimmte und gegen die ich keine Einwände erhob.

Nach kurzer Zeit liefen wir durch das Stadtviertel, in dem Natascha wohnte. Mir wurde etwas mulmig zumute. Eine zufällige Begegnung mit ihr wäre mir unangenehm gewesen, trotz des Umstandes, dass ich im Prinzip nichts anderes tat als sie kurze Zeit zuvor.

Die frische Nachtluft hatte mich etwas nüchterner gemacht. In Beates Wohnung legte ich zunächst nur meine Jacke ab. Beate reagierte sofort. Sie holte zwei Likörgläser aus der Küche und forderte mich mit einer Handbewegung auf, ihr ins Wohnzimmer zu folgen, wo sie die Gläser mit Amaretto füllte.

Eigentlich war es wie im Café. Wir tranken, und Beate erzählte, witzig und gestenreich. Ich ließ mich jedoch nicht mehr mitreißen, sondern konzentrierte mich geradezu, einen klaren Kopf zu behalten.

Beate wollte mich verführen. Ob bewusst oder nicht: Im Laufe des Abends hatte sie den Beschluss dazu gefasst, von dem sie offensichtlich nicht mehr abweichen wollte. Ich konnte nicht leugnen, dass ich mein Scherflein dazu beigetragen hatte. Aber es war eben nicht nur eine Sache zwischen uns beiden. Natascha beeinflusste das Geschehen, wenn auch viel leiser als sonst.

Allem Anschein nach hielt Beate viel von ihr. Mir gegenüber hatte sie es deutlich geäußert: Natascha, die angenehme Mentorin, das aktive Mitglied der GEW, die glänzende Doppelkopfspielerin ... Diese Äußerungen konnten sogar Beates wahre Meinung wiedergeben. Aber war es nicht zu viel des Guten? Musste Beate nicht neidisch werden, wenn sie nicht annähernd so viel Anerkennung erfuhr?

Unerwartet ergibt sich die Gelegenheit, es Natascha gleichzutun: Beate setzt sich im Café zu mir an den Tisch, packt ihren Charme aus und ich gebe ihr zu verstehen, dass ich sie attraktiv finde. Warum nicht egoistisch sein und diese Chance nutzen?

Dann dachte ich über meine eigene Motivation nach. Ich war von der Bibliothek aus ohne jeglichen bösen Vorsatz in das Café gefahren. Aber das musste nichts heißen. Warum hatte ich, während ich dort

Zeitung las, immer wieder den Kopf gehoben, wenn ein neuer Gast hereinkam? Hatte ich insgeheim wirklich nur gehofft, einen Freund zu treffen, mit dem ich über die Beziehung über Natascha hätte reden können? Wie hätte ich mich verhalten, wenn ich mit einer anderen Frau als Beate ins Gespräch gekommen wäre, und die mir nach einigen Gläsern ein ähnliches Angebot wie Beate unterbreitet hätte?

Ich blickte durch das Wohnzimmer. Sah die Möbel, die Bilder, und vor allem den ganzen Nippes, überflüssig wie ein Kropf. Betrachtete Beate. Überlegte, ob es jetzt, da mein Körper mit Alkohol gefüllt, mein Kopf jedoch klar war, nicht bloß ein simpler Racheakt wäre, wenn ich mit Beate schlief.

Ich wollte nicht. Nicht jetzt, nicht an dem Abend,

Wie sollte es ihr beibringen? Ich könnte es formulieren, wie ich wollte: Die Aussage bliebe gleich.

»Ich hab' schon verstanden«, sagte Beate plötzlich. Sie stand auf. Ich vermutete, sie riefe ein Taxi.

Der Schlafsack, den Beate trug, als sie in das Wohnzimmer zurückkehrte, hatte keine Hülle. Er wurde von einem abgewetzten schwarzen Gürtel zusammengehalten. Jetzt passiert's, dachte ich, als ihr Griff an der Schnalle des Gürtels fester wurde. Ihr Handrücken verlor die gesunde rotbraune Farbe und wurde weiß. Sie sah mir in die Augen. Ihre Gesichtsmuskeln blieben regungslos. Ich konnte es nicht ertragen und blickte nach unten, auf den Schlafsack. Auf den Gürtel. Mir fiel eine Übung ein, die wir früher beim Fußballtraining oft gemacht hatte: Man beginnt ganz langsam mit den Armen zu kreisen, steigert dann das

Tempo und wirbelt schließlich derart heftig, dass die Fingerspitzen taubtot sind.

Beate fing an zu lächeln. Die Mundwinkel wurden immer dünner. Sie steuerten auf ihre kleinen Ohrringe zu. Meine Gedanken blieben an dem Gürtel haften. Beate musste ihn nur vom Schlafsack befreien. Dann konnte sie mit ihm hantieren, wie sie wollte. Ich nahm ihr den Schlafsack ab und ging damit zum Sofa.

Ich musste wohl geträumt haben, dass ich zu spät zur Schule komme, denn schon um fünf Uhr wachte ich auf. Ich schälte mich aus dem Schlafsack, zog mich an, verließ Beates Wohnung und ging zur nächsten Haltestelle, von der ein Bus zur Bibliothek fuhr. Mein Auto stand noch an seinem Platz.

Zuhause nahm ich eine eiskalte Dusche. Richtig sauber fühlte ich mich dennoch nicht. Wenigstens einen Zettel mit einer lieben Lüge hätte ich Beate schreiben können: Sorry. Mea culpa.

»Wo warst du denn?« fragte Natascha vorwurfsvoll, als wir in der Schule kurz Gelegenheit hatten, miteinander zu sprechen, ohne dass uns jemand zuhörte. »Ich habe gestern Abend versucht, dich zu erreichen.«

Ich hätte ehrlich antworten können. Dass ich drauf und dran gewesen war, mich an ihr zu rächen, genauso zu agieren, wie sie es getan hatte.

»Ich bin bei Thomas versackt«, log ich stattdessen. »Eigentlich wollte ich nicht so lange bleiben. Aber du weißt ja, wie das ist. Und ich habe vergessen, auf mein Handy zu achten.«

—

Wir sahen uns weiterhin, auch bei ihr. Wenn auch seltener.

Ich benahm mich in ihrer Wohnung wie immer. Bediente mich aus dem Kühlschrank und aus der Obstschale, wann immer ich wollte, ohne zu fragen. Wir schauten zusammen fern, unterhielten uns über einzelne Schüler und über politische Themen. Wenig über uns.

Eines Abends umarmte sie mich heftig. Ließ mich nach kurzer Zeit los und sah mich an. Ihre Augen glänzten traurig.

»Es war schön«, sagte sie. »Aber jetzt ist es vorbei.«

Sie habe am Tag zuvor lange mit Beate telefoniert. Das Gespräch habe ihr den Rest gegeben. Nun zweifele sie nicht mehr daran, dass es richtig sei, Schluss zu machen.

Ich sagte keinen Ton. Ich drehte mich um und ging aus dem Raum.

»Doppelkopf spielen wir aber noch zusammen, oder?«, rief Natascha mir nach.

Ich verließ die Wohnung, ohne zu antworten.

Zunächst war es nur ein Gedankenspiel, das ich im Auto während der Fahrt nach Hause hatte. Aber je länger ich darüber nachdachte, desto weniger abstrus fand ich es. Warum eigentlich nicht? Die Zusammensetzung der Doppelkopfrunde würde nicht mehr lange Bestand haben. Der folgende Freitag würde der letzte gemeinsame Abend sein.

—

Beates Herz-Dame liegt auf dem Tisch, und keiner will sie erobern. Natascha und Leonid spielen jeweils einen Buben. Ich könnte das Ruder an mich reißen und vermeiden, dass Beate weiterhin das Spiel diktiert. Aber mir ist meine wenige scharfe Munition zu wertvoll, um sie für eine so kleine Beute zu verschießen.

Beate setzt das Spiel mit einem Kreuz-Ass fort.

Natascha stöhnt. Sie hasst es wie die Pest, wenn eine Fehlfarbe zum zweiten Mal gespielt wird und sie bedienen muss, wie jetzt mit dem Kreuz-König.

Die Kreuz-Fehlfarben sind damit alle weg. Leonid hat zwei Möglichkeiten: Er kann Ballast abwerfen, sofern er noch welchen an Bord hat, oder er kann mit vollem Einsatz zur Sache gehen. Leonid braucht nur ganz kurz, um sich zu entscheiden: Er spielt eine Kreuz-Dame. Er weiß ganz genau, dass ich die Sache an mich nehme, wenn er keinen hohen Trumpf spielt.

Dieses Mal ist Leonids Handeln für mich von Vorteil: Ich weiß, dass ich in dieser Partie mit ihm zusammen spiele, und kann meinen Fuchs loswerden.

Leonid eröffnet den nächsten Stich mit einem Pik-Buben. Mir bleibt nichts anderes übrig, als die Kreuz-Dame zu spielen. Damit wissen die Frauen definitiv, dass sie ein Team bilden.

Beate spielt einen belanglosen Kreuz-Buben. Natascha wirft einen kleinen Trumpf auf den Tisch.

Ich komme mit einer Pik-Zehn raus. Beate hat den letzten Pik. Natascha überlegt einige Sekunden lang und trumpft dann mit einer Herz-Dame. Spontan denke ich, dass sie zu wenig Einsatz zeigt und einen Fehler macht.

Ich liege falsch. Leonid kann offensichtlich nicht darüber gehen. Er schmeißt einen Herz-König ab.

Den nächsten Stich gewinne ich, mit meinem letzten Trumpf, der Herz-Zehn. Zum Glück hatte Beate, die nach mir dran ist, nicht auch eine, sonst wäre mein hoher Einsatz nicht von Erfolg gekrönt gewesen. Von ihr bekomme ich eine Karo-Zehn, von Natascha einen Buben, und von Leonid Karo-Dame.

Ich habe nur noch zwei Fehlfarben, und ich befürchte, Leonid ist mit seinen Kräften auch ziemlich am Ende.

Meinen Herz-König sticht Beate mit einer Pik-Dame ab. Natascha nickt zustimmend und spielt einen Pik-Buben. Leonid muss ein Herz-Ass werfen.

Der letzte Stich hat es in sich. Beate kommt mit einem Fuchs heraus. Es überrascht mich nicht, dass Natascha die Herz-Zehn hat. Aber es ist schon bitter, dass durch die Karo-Zehn von Leonid und mein letztes Ass ein Doppelkopf entsteht.

»Du hast alles richtig gemacht«, sagt Natascha zu Beate. Beate strahlt. Ich könnte kotzen.

Wir zählen. Die Frauen heimsen sechs Punkte ein. In der Gesamtwertung liegt Natascha nun obenauf, und Beate steht wieder auf der Sonnenseite.

Hochzeit

Es macht mich innerlich rasend, wie unscheinbar Natascha wirkt. Sie hat ihre Beine übereinandergeschlagen, nippt ab und zu an ihrem Weißwein und spricht in einem ganz normalen Tonfall. Sie vermittelt den Eindruck, als sei wieder alles gut. Vielleicht ist es das ja sogar. Für sie.

Beate lächelt. Als könne ihr nichts zustoßen. Sie ist naiver, als die Polizei erlaubt. Leonids Gestik und Mimik erwecken den Anschein, als ginge ihn das Ganze überhaupt nichts an. Geistig ist er topfit, wie immer. Ich bin sicher, ihm ist jederzeit bewusst, dass er mitten in einem Schlachtfeld steht.

Mein Herz pocht. Mehr noch: Es schmerzt. Ich überlege, ob ich jetzt losschlagen soll. Ich bin unsicher. Aus lauter Neugierde auf mein Blatt nehme ich die Karten auf, die Leonid inzwischen verteilt hat. Sie sind gut. Es scheint sich zu lohnen, diese Partie noch zu spielen. Ich habe unter anderem zwei Kreuz-Damen, und ich komme auch noch heraus. So wie meine Karten aussehen, müsste ich, wenn alles normal verläuft, drei Fehlfarben-Stiche gewinnen. Das ist mehr als die halbe Miete. Es würde mir zweifellos gelingen, einen Partner auf meine Seite zu ziehen. Zu zweit könnten wir die Gegner völlig fertigmachen. Aber das will ich nicht. Das hier ist meine Sache. Ich will sie alleine durchziehen. Still und heimlich.

Beate, Natascha und Leonid haben auch nichts anzusagen. Also kann ich wie erhofft mit meinem Kreuz-Ass den Schlagabtausch eröffnen.

Der Start verläuft reibungslos. Ich habe die ersten 29 Punkte sicher. Aus taktischen Gründen verzichte ich darauf, auf den Tisch zu klopfen und damit eine Verdoppelung der Punktzahl dieser Partie zu bewirken. Die drei anderen würden dann vermuten, dass ich im Besitz einer Kreuz-Dame bin und gegen mich agieren. Zum jetzigen Zeitpunkt kann ich noch keinen Mehrfrontenkrieg beginnen.

Ich setze das Spiel mit einem Karo-Buben fort. Beate und Natascha spielen ebenfalls kleine Buben, so dass Leonid mühelos mit einem Kreuz-Buben das Ruder übernehmen kann.

Leonid spielt nun Pik-Ass. Ich steche mit dem Fuchs ab. Es birgt Gefahren in sich, da noch zwei Gegner nach mir an die Reihe kommen. Ich muss ihn aber früher oder später spielen, und bei diesem Stich macht es absolut Sinn.

Beate bedient Pik. Natascha spielt ebenfalls regelkonform. Aber nicht so, wie ich hoffte. Sie hat kein Pik. Ein simpler Bube reicht ihr, um nicht nur viele Punkte zu holen, sondern auch meinem Fuchs zu stehlen.

Auch Natascha eröffnet den Stich mit einer Fehlfarbe: Auf dem Tisch liegt ein Herz-Ass. Leonid spielt einen König von der gleichen Farbe. Ich darf zustechen, mit was immer ich will. Allerdings ist Beate noch nach mir am Zug, und ich weiß nicht, was sie in der Hinterhand hat. Ich überlege hin und her und spiele schließlich eine Karo-Dame. Von meinem Standpunkt aus ist es die richtige Entscheidung. Nach dem verlorenen Pik-Stich, den ich ursprünglich für mich einkalkuliert hatte, muss ich jetzt etwas riskieren. Als Solist brauche ich mindestens 121 Punkte, sonst verliere ich. Um noch eine Chance zu haben, sie zu erreichen, brauche ich meine wenigen hohen Trümpfe in den folgenden Duellen noch.

Beate fügt sich nicht. Weil sie kein Herz hat. Sie nimmt mir alles weg. Mit ihrer Pik-Dame sorgt sie für die Vorentscheidung zu meinen Ungunsten.

Der nächste Stich verläuft besser für mich. Beate spielt Pik-König, Natascha die Herz-Dame. Leonid muss mit seiner Pik-Zehn bedienen, und ich kann mit meiner Herz-Zehn nicht nur viele Punkte gewinnen, sondern auch ein Täuschungsmanöver durchführen, indem ich die anderen verführe anzunehmen, dass ich keine Kreuz-Dame habe.

Sie fallen offensichtlich auf mich herein. Sogar der schlaue Leonid scheint nicht zu riechen, wie gefährlich die Lage für ihn und für die beiden Frauen ist. Auf meinen Pik-Buben spielt Beate eine Karo Dame, Natascha einen Karo-König, und Leonid verschwendet unnötige Reserven mit einer Herz-Dame.

Leonid zieht nun einen Herz-König. Mir wird auf einmal siedend heiß. Ich weiß zwar, dass sich noch eine Pik-Dame und eine Herz-Zehn in den Händen meiner Gegner befinden. Aber ich habe vergessen, ob bereits beide Kreuz-Buben gespielt worden sind. Für mich ist es enorm wichtig, da ich außer den beiden Kreuz-Damen noch zwei Pik-Buben besitze.

Ich grüble und grüble. Es will mir nicht einfallen.

Natascha wird ungeduldig. »Nun mach' schon!«, sagt sie.

Ich lasse mich von ihr provozieren und spiele eine meiner Kreuz-Damen. Beate wirft eine Pik-Zehn ab. Natascha kann oder will mich in diesem Moment nicht schlagen und legt einen Karo-König auf den Tisch.

Zusammen mit diesem letzten Stich habe ich nun insgesamt bisher 77 Punkte gesammelt. Drei Stiche stehen noch aus. Da ich noch eine Kreuz-Dame und zwei Pik-Buben habe, muss ich zwei davon holen, um mein Ziel zu erreichen und alleine zu gewinnen.

Eine Pik-Buben zu spielen, würde keinen Sinn ergeben. Also bleibt mir nichts, als mich vollends zu entblößen.

Beate ist erstaunt, als sie sieht, dass ich eine weitere Kreuz-Dame habe, hält aber erstaunlicherweise den Mund. Sie legt eine Karo-Zehn. Natascha übernimmt den Stich mit einer Herz-Zehn.

Die Hoffnung stirbt zuletzt. Mit der Karo-Zehn von Leonid ist meine gestorben. Meine Gegner haben den letzten Stich gemacht, und sie besitzen noch eine Pik-Dame. Ich habe nur noch zwei harmlose Pik Buben. Damit ist die Partie für mich gelaufen.

Ich stehe auf. Meine letzten beiden Karten behalte ich in der Hand.

Der Punkterückstand in der Gesamtwertung zu Beate, Natascha und Leonid ist schon jetzt beträchtlich. Er würde enorm anwachsen, falls ich mein Solo zu Ende brächte. Es wäre sehr unwahrscheinlich, dass ich die anderen Spieler in weiteren Spielen noch überholen könnte.

Man kann nicht immer alles erreichen, was man sich vornimmt. Manchmal muss man sich von seinen ursprünglichen Zielen verabschieden und umdisponieren.

Ich hätte beim Doppelkopf gerne vorne gelegen, wenn ich zum Killer werde. Nun werde ich aktiv, obwohl ich nicht führe.

»Jetzt warte doch!« fordert mich Natascha auf. »Es dauert doch nicht mehr lange, bis das Spiel vorbei ist.«

Obwohl es wirklich schnell ginge, bis jeder Doppelkopfspieler seine letzten Karten auf den Tisch legte, gehe ich in den Flur. Mir reicht es jetzt. Endgültig. Ich greife in meine Jackentasche und hole die Pistole heraus. Dann kehre ich in die Küche zurück, setze mich aber nicht hin, sondern bleibe in der Nähe der Tür stehen.

Beate, Leonid und Natascha haben keine Veranlassung, nervös zu werden. Sie sehen die Waffe nicht, die ich hinter meinem Rücken verberge.

Ich blicke sie alle an. Einen nach dem anderen. Zuerst Beate. Kurz und intensiv.

»Setz' dich wieder hin!«, sagt sie. »Ich will weiterspielen.«

Ich spiele weiter. Am Abzugshahn der Pistole.

Dann lasse ich meine Augen auf Leonid verweilen. Er erwidert meinen Blick. Vielleicht begreift er, dass er die beiden in seiner Hand verbliebenen Karten nicht mehr brauchen wird.

Nun ist Natascha dran. Ich sehe sie an. Lang, länger als Beate und viel länger als Leonid. Im Zeitraffer ziehen die Ereignisse der letzten Monate vorüber. Ich fühle alles und nichts.

Ich wende meinen Blick ab, gehe zwei Schritte weiter und bleibe wieder stehen. Ich blicke Natascha erneut an, aus einer leicht anderen Perspektive als kurz zuvor.

Meine Entscheidung ändert sich nicht. Ich weiß, gleich ist es geschehen.

Natascha überlegt. Und kommt offensichtlich zu einem falschen Schluss. Denn sie beginnt zu lächeln. Sie scheint zu glauben, hinter meinem Rücken verberge sich etwas Schönes, etwa ein Blumenstrauß, den ich ihr überreichen würde: rote Rosen. Wie damals.

Irgendwie töte ich sie ja alle. Jeder wird auf seine Weise getroffen sein.

Ich gehe wieder auf den Küchenbalkon. Die schwarzen Vögel sind immer noch auf dem Dach des gegenüberliegenden Hauses. Ich steige auf die Balkonbrüstung. Im Nirgendwo läuten die Glocken: Hochzeit. Gleich bin ich mit dem Tod verheiratet.

Mein Kopf wird doppelt getroffen. Erst durch die Pistolenkugel, die ich zeitgleich mit dem Absprung in Bewegung setze, und dann durch den Aufprall auf dem Asphalt.

Kurze Hinweise für die des Doppelkopf-spiels unkundigen Leserinnen und Leser

Doppelkopf ist ein Kartenspiel. Es gibt offizielle Regeln des Deutschen Doppelkopf-Verbandes. Die Bedeutung bestimmter Karten sowie die Zählweise variieren jedoch, sie hängen von den vorherigen Absprachen der beteiligten Spieler ab.

Folgende Merkmale gelten fast immer:

- Doppelkopf kann nur zu viert gespielt werden.
- Jeder erhält die gleiche Anzahl Karten.
- Es gibt Trümpfe und Fehlfarben. Sowohl Trümpfe als auch Fehlfarben müssen bedient werden.
- Es sind jeweils zwei Spielkarten mit gleichen Symbolen vorhanden (zwei Karo-Buben, zwei Pik-Asse usw.).
- In der Mehrzahl der Partien spielen zwei Paare gegeneinander. Die Konstellation ergibt sich durch den Besitz bzw. Nichtbesitz der Kreuz-Damen. Für die Beteiligten wird es meistens erst während einer Partie deutlich, wer mit wem zusammenspielt. In Ausnahmefällen sind die Parteien schon zu Beginn des Spiels allen Beteiligten bekannt.
- Manchmal spielt jemand alleine. Dies kündigt er in der Regel an. Es besteht aber auch die Möglichkeit, heimlich gegen die drei anderen zu agieren.
- Beim Spielen von Doppelkopf entstehen Freundschaften. Oder das Gegenteil.